Sabine Richling

# Im Jenseits schmeckt die Liebe süßer

# Sabine Richling

# Im Jenseits
## schmeckt die Liebe süßer

*Herstellung und Verlag: BoD – Books on Demand,
Norderstedt*

*ISBN: 978-3-8482-2889-8*

# 1

Ich heiße Lina und bin siebzehn Jahre alt. Meine Hobbys sind mein Smartphone, Freunde treffen und Geisterbeschwörungen. Im Grunde bin ich ein ganz normaler Teenager, der es liebt, vieles auszuprobieren. Gerade tingle ich mit meiner Freundin Ronja durch die Drogerie, um mich mit neuen Mittelchen einzudecken für eine flotte Kriegsbemalung. Aber ich paniere mich nicht mit dem Zeug, ich benutze nur ein bisschen Wimperntusche und versuche, mich zu pflegen. So wie es alle tun in meinem Alter. Ich gehe in die elfte Klasse eines Gymnasiums und wechsle diesen Sommer in die zwölfte. Nach meinem Abitur möchte ich studieren, aber bis dahin ist noch Zeit. Solange werde ich das Leben genießen und mir nicht so viele Gedanken machen.

„Schau mal", sagt Ronja zu mir. „Der Nagellack hat ja 'ne geile Farbe. Findest du nicht auch?"

„Wow, lila. Der letzte Versuch", gebe ich zurück. „Passt gut zu deinen dunklen Haaren."

Ronja lacht und stellt das Fläschchen wieder ins Regal.

Wir suchen uns ein paar Sachen aus und gehen zur Kasse.

„Mist, ich glaube, mein Geld reicht nicht", stellt Ronja fest, als sie in ihr kleines Portemonnaie sieht. „Kannst du mir aushelfen?"

„Kein Problem", entgegne ich und reiche ihr einen Zehneuroschein. „Reicht das?"

„Locker. Danke."

Ronjas Geldprobleme sind mir vertraut. Ihre Eltern verdienen nicht so viel, daher fällt ihr Taschengeld geringer aus und mich stört es nicht, meiner besten Freundin ab und zu ein paar Taler zuzustecken.

„Wollen wir nachher wieder pendeln?", fragt sie mich mit glänzenden Augen.

„Ja, komm doch um vier bei mir vorbei."

„Super! Dann können wir mal auspendeln, wie deine Chancen bei Flori stehen."

„Glaub mir, das habe ich schon", entgegne ich gefrustet. „Obwohl mir das Pendel immer wieder eine positive Antwort gibt, schaut er mich nicht mal an, wenn er an mir vorbeigeht."

Womöglich bin ich es auch, die ihn vor Nervosität nicht anschaut, aber das lasse ich jetzt mal unter den Tisch fallen.

Ich bin verknallt in Florian, einen Mitschüler aus der Oberstufe. Als ich ihn das erste Mal sah, blieb mir die Luft weg. Er hat kurzes braunes Haar und Wimpern, die jedes Mädchen vor Neid erblassen lassen. Seine dunklen Augen sind zum Wegschmelzen und sein Lächeln ist so süß, dass beinahe alle Mädels auf ihn abfahren. Wahrscheinlich sind meine Chancen gleich null. Daher habe ich mir verboten, ihn weiterhin anzuschmachten.

„Ach, das ist nur Unsicherheit", weiß Ronja und grinst. „Wir können ihn ja zu meiner Party einladen nächsten Samstag."

„Das würdest du für mich tun?"

„Dämliche Frage! Natürlich."


Pünktlich um sechzehn Uhr schlägt Ronja bei mir auf. Ich habe schon alles vorbereitet: das Pendel und die Tarot-Karten liegen auf dem Tisch. Ich bin ein Medium – seit ich denken kann. Bereits als Kind habe ich Verstorbene gesehen und gedacht, das wäre normal. Ich konnte schließlich nicht ahnen, dass nicht alle Menschen solch eine Gabe besitzen und bin immer davon ausgegangen, jeder hätte diese Erscheinungen. Bis ich eines Tages meiner Mutter davon erzählte und ihr eine höllische Angst damit eingejagt habe. Ich sagte ihr, dass Oma Helga – die vor zehn Jahren verstorben ist – mich manchmal besuchen käme und mir Geschichten erzählte. Erst nahm meine Mum mein Gerede nicht ernst. Als ich aber von Erlebnissen berichtete, die vor meiner Geburt stattgefunden haben und von denen ich absolut nichts wissen konnte, lief ihr der Schauer über den Rücken. Seitdem bin ich vorsichtiger geworden mit dem, was ich erzähle. Ich begriff, dass nicht jeder bereit ist, an eine Parallelwelt und demzufolge an ein Leben nach dem Tod zu glauben.

Meine Freundin Ronja ist ganz scharf auf den überirdischen Kram und kann nicht genug davon bekommen. Wenn wir uns treffen, pendeln wir oft oder legen die Karten. Das Gläserrücken haben wir auch einige Male ausprobiert, allerdings ist mir dabei nicht so wohl. Manchmal kommen die Seelen vorbei, die wir rufen. Hin und wieder aber mischen sich andere ein und wollen uns ärgern. Sie lassen das Glas bloß sinnlos über den

Tisch tanzen und geben keine richtigen Antworten. Deshalb habe ich Ronja darum gebeten, dass wir damit vorerst aufhören und nur einen Geist rufen, wenn wir etwas Wichtiges wissen wollen.

Ronja und ich gehen in mein Zimmer und machen es uns auf der Couch gemütlich. Wir quatschen über den Tag und kichern – wie zwei Teenager eben. Wir ahnen nichts Böses, als sich eines unserer Wassergläser auf dem Tisch von allein zu bewegen beginnt.

„Warst du das?", fragt Ronja erschrocken.

„Nein, wie hätte ich das tun sollen?", gebe ich ebenso verwundert zurück und fahre mir nervös durch die blonden Locken.

„Bestimmt ist da ein Geist, der auf sich aufmerksam machen will", nimmt meine Freundin an und fängt Feuer. Sobald es um dieses Thema geht, ist sie voll dabei.

„Eigentlich ist das nicht möglich", erkläre ich ihr. „Es funktioniert doch lediglich, wenn wir unsere Finger darauf legen."

„Bist du sicher?", fragt sie mich.

„Hm … nein."

„Na bitte. Dann lass uns gleich mal nachfragen, wer da ist."

„Da ist niemand, Ronja. Wäre es so, würde ich das merken."

„Du könntest dich irren."

„Nein, bestimmt nicht."

Plötzlich fängt Ronja schallend an zu lachen.

„Du miese Schlange", entfährt es mir. Ich sehe den Faden, den sie in der Hand hält und der mit dem Glas verbunden ist.

„Reingelegt", amüsiert sie sich und rauft sich mit mir auf dem Sofa. Als wir uns wieder gefangen haben, steht sie auf und setzt sich an meinen Tisch. „Komm, lass uns die Tarot-Karten mischen und fragen, wann du mit Flori zusammenkommst."

„Okay", erwidere ich und setze mich beschwingt dazu. Solche Spiele finde ich lustig. Sie sind harmlos und machen Spaß. Sie reicht mir den Stapel und ich mische die Karten. Danach breite ich sie auf dem Tisch aus. Ich überlege ein bisschen und kann mich nicht entscheiden. Auf einmal bekomme ich Beklemmungen, mein Magen zieht sich zusammen. Ich könnte schwören, jemand steht neben mir und haucht mir eine Warnung ins Ohr.

„Nun zieh schon eine Karte!", fordert mich Ronja auf. „Warum überlegst du so lang? Die Dinger beißen nicht."

„Vielleicht machen wir was anderes", schlage ich vor. „Wir können ja pendeln."

„Hä? Was ist los?"

„Ich weiß nicht. Irgendwas Seltsames geht hier vor. Ich habe das Gefühl, dass ich keine Karte ziehen sollte."

„Aber wir haben doch eine harmlose Frage gestellt! Was kann daran verkehrt sein? Jetzt zieh eine, sonst mache ich es für dich!" Ronja nimmt meine Hand und hält sie über den ausgebreiteten Kartenstapel. „Du hast ja bloß Angst zu erfahren, dein Schwarm könnte eine andere lieben."

„Ja, wahrscheinlich ist es das", beruhige ich mich selbst und entscheide mich endlich für eine Karte. Ich sehe sie nicht an und reiche sie an Ronja weiter.

„Was ist es für eine?", frage ich und blicke sie unsicher an.

Sie starrt auf die Karte und gibt mir keine Antwort. Ihre Augen weiten sich und ihre Pupillen werden zusehends größer.

„Ach, nichts", sagt sie und will das Spiel neu mischen. Ich halte sie auf und entreiße ihr die Karte.

„Der Tod", stelle ich fest. „Es ist die Todeskarte. Na und! Wo ist dein Problem? Sie sagt nur aus, dass das Alte vergehen muss, damit etwas Neues wiedergeboren werden kann."

„Na, wenn alles harmlos ist, verstehe ich nicht, warum du so ein komisches Gefühl bei der Sache hattest? Und was hat das Ganze mit Flori zu tun? Lina, auf deine Gefühle konnten wir uns bisher immer verlassen. Warum ziehst du die Todeskarte, wenn wir wissen wollen, wann er sich endlich in dich verliebt?"

„Tja, womöglich habe ich zu lange überlegt und mich vergriffen. Ich könnte die Frage wiederholen und noch mal ziehen."

„Los!", bestimmt Ronja und sieht mich auffordernd an.

Ich vermische das Blatt neu und breite die Tarot-Karten im Halbmond auf der Tischplatte aus. Diesmal warte ich nicht so lange und greife eine Karte, die mich regelrecht anspringt. Als ich sie aufdecke, erbleiche ich.

„Wieder die Todeskarte!", ruft Ronja aus. „Lina, das ist gruselig."

„Lass uns damit aufhören, ja?", bitte ich meine Freundin.

„Ich habe eine bessere Idee", entgegnet Ronja. „Wir fragen die Karten einfach, warum wir so eine Antwort bekommen haben."

„Das wäre ja so, als würdest du den lieben Gott fragen, warum er der liebe Gott ist. Das ist unlogisch."

„Ich werde für dich fragen und die nächste Karte ziehen", entscheidet sie und ignoriert meinen Einspruch. Sie verteilt die Karten wahllos auf der Tischplatte und wühlt mit beiden Händen solange darin herum, bis alles gut vermischt ist. „So, liebes Tarot-Spiel, warum hast du Lina die Todeskarte geschickt?", fragt sie und zieht mit geschlossenen Augen eine Karte aus dem Stapel. Sie dreht sie um und sieht mit offenem Mund auf das Bild.

„Ja, und?", halte ich die Anspannung nicht mehr aus. „Was ist das für ein Motiv?"

„Der Gehängte", antwortet sie aufgewühlt. „Was heißt das?"

„Das heißt, dass ich meine Lage akzeptieren muss.

„Welche Lage?", fragt Ronja.

„Vermutlich habe ich keine Chancen bei Florian. Außerdem besagt sie, dass ich eine große Veränderung erleben werde. Der Gehängte ist vom Licht erfüllt und erwartet das Kommen großer Dinge."

„Könnte es also bedeuten, dass du Flori mit ein bisschen Geduld für dich gewinnen wirst?"

„Könnte es", gebe ich zur Antwort, obwohl ich spüre, dass die Aussage der Karten in eine andere Richtung abzielt. Welche, kann ich allerdings nicht sagen.

*2*

Die Schule will am folgenden Tag nicht enden. Ich denke unentwegt an den gestrigen Abend zurück, diese seltsamen Tarot-Karten, die mich durcheinandergebracht haben. In der großen Pause stehe ich mit Ronja und ein paar anderen Klassenkameradinnen auf dem Schulhof herum, als Florian mit zwei Mitschülern auf uns zukommt. Ich halte mich bei Ronja fest. Meine Aufregung, ihn zu sehen, bringt mich fast um den Verstand. Gott, wie ist das möglich, dass er so gut aussieht? Heute trägt er hellblaue Jeans mit modisch aufgeribbelten Säumen und Löchern. Dazu ein helles enges Shirt und weiße Sneakers. Ich bin tot, wenn er nicht sofort aufhört, mich anzusehen. Das hat er noch nie gemacht! Jedenfalls nicht so intensiv. Warum jetzt?

„Er kommt!", stellt Ronja richtig fest und boxt mich in die Seite.

„Wer?", fragt Toni, die ihre Ohren natürlich überall haben muss.

„Ich muss weg!", sage ich und will mich gerade davonmachen, als Ronja mich am Arm festhält.

„Hey, Mädels", sagt Max, der neben Florian und Hendrik auf uns zugestapft kommt.

„Hey, ihr Süßen", sagt Lilly und legt ihr pretty face auf.

Ich möchte auf der Stelle weglaufen, aber Ronja zerdrückt mir fast das Handgelenk.

„Wir haben gehört, dass du eine Party am Samstag schmeißt, Ronja", sagt Max, als er uns mit Hendrik und Florian erreicht hat. Sie bleiben bei Lilly stehen und heften ihren Blick auf Ronja und mich – schließlich stehe ich direkt neben ihr.

„Ja, habt ihr Lust zu kommen?", fragt sie hocherfreut, von den attraktivsten Jungs der Schule angesprochen zu werden.

„Bist du auch dabei?", spricht mich Florian plötzlich an, als würden wir uns seit Jahren kennen. Dabei haben wir noch nie ein Wort miteinander gewechselt.

„Ich denke schon", antworte ich mit feuerroten Wangen.

„Klar, ist sie dabei", geht Ronja dazwischen. „Die Party geht um fünf los."

„Stimmt es, dass du mit Verstorbenen in Kontakt treten kannst?", will Hendrik von mir wissen. „Unser Flo hätte da ein kleines

Anliegen an dich." Er klopft Florian auf die Schulter. „Sein Vater ist vor Kurzem gestorben. Meinst du, da ließe sich etwas machen?"

Florian sieht beklommen auf den Boden. Offenbar ist ihm der Vorstoß seines Freundes unangenehm. Er hätte es wohl lieber auf seine Art geregelt, ohne großes Aufsehen.

„Äh …", entfährt es mir und nun bin ich ebenso sprachlos wie Florian.

„Sie kann das", übernimmt Ronja für mich das Wort.

Herrje, muss sie das jetzt so sagen? Ich hatte nicht vor, mit meiner Gabe zu hausieren. Bloß einige wenige wissen davon. Die anderen halten mich doch sonst für einen Freak.

„Echt?", fragt Lilly. „Das ist ja abgefahren! Davon wusste ich noch nichts. Bist du eine Hexe? Wie machst du das?"

Ja, genau das meine ich.

„Nun ja", gebe ich leise von mir. *Ronja, ich könnte dich erwürgen! Warum musst du das so rausposaunen?*

„Das gelingt ihr fast immer", prahlt sie herum.

„Irre!", staunt Lilly. „Könntest du auch mit meinem Opa sprechen? Der ist letztes Jahr verstorben."

„So was ist doch total schräg", geht Toni dazwischen. „Seit wann glaubt ihr so einen Unsinn? Tot ist tot. Es gibt kein Danach. Wie soll das auch gehen ohne Körper?"

Ich hätte ihr jetzt natürlich erklären können, dass das Leben danach nicht in körperlicher Form weitergeht, dass unser Bewusstsein weiterexistiert als reine Energie – feinstofflich, ohne feste Gestalt, nebenan in einer weiteren Dimension. Aber das hätte sie mir genauso wenig geglaubt. Außerdem ist es nicht meine Absicht, jemanden zu bekehren. Jeder soll das glauben, was er möchte – was ihm guttut. Ich würde ihr keinen Gefallen damit tun, ihr Weltbild zu zerstören.

„Natürlich gibt es ein Leben nach dem Tod!", haut Ronja raus. „Ihr habt alle keine Ahnung!"

„Hör bitte auf damit!", stoppe ich meine Freundin. Ich reiße meine Hand los, die sie nach wie vor umklammert hielt, um mich an einer Flucht zu hindern. Jetzt aber bin ich energischer, denn ich habe nicht vor, dieses Gespräch länger zu befeuern. Ich bin verärgert, so bloßgestellt worden zu sein. Wer hat dieses Gerücht nur in Umlauf gebracht? Wenn das die Runde macht, bin ich erledigt. Niemand wird mich mehr ernst nehmen und ich kann sehen, wie ich auf die Schnelle eine neue Schule finde. Ich mache mich vom Acker und will zurück in den Klassenraum.

„Hey, warte!", ruft mir Florian hinterher. Ich drehe mich nicht nach ihm um und gehe einfach weiter, obwohl ich ihn gehört habe. Er folgt mir mit schnellem Schritt, überholt mich und stellt sich mir in den Weg. „Warte bitte, Lina", beschwört er mich und sieht peinlich berührt aus. „Es tut mir leid! Ich wollte nicht, dass Hendrik es vor allen anderen anspricht. Eigentlich hatte ich vor, dich auf der Party danach zu fragen. Jetzt wissen es alle, und das hast du bestimmt nicht gewollt."

„Richtig, das habe ich nicht gewollt", sage ich bloß und gehe an ihm vorbei.

Er kommt mir nach und passt sich meinem Gang an.

„Hör zu, ich möchte nicht, dass du sauer auf mich bist."

„Warum nicht?", frage ich erstaunt. „Wir kennen uns überhaupt nicht. Kann dir doch egal sein."

„Ich wollte dir nicht schaden. Ehrlich!"

„Na schön, lass uns das vergessen, ja?", schlage ich vor, kurz bevor wir den Eingang erreichen.

„Können wir uns treffen?", fragt mich Florian allen Ernstes. Ich bin platt und bleibe stehen.

„Wie bitte?", kann ich es kaum glauben.

„Ich weiß, ich falle mit der Tür ins Haus. Sorry! Aber ich möchte unbedingt noch einmal mit meinem Vater sprechen."

„Florian …"

„Bitte sag Flo zu mir. Alle nennen mich so."

„Okay, Flo. Das ist kein Spiel. Wir können die Verstorbenen nicht einfach aus Spaß rufen, weil wir mal testen wollen, ob das funktioniert. Ich bin ein Medium, ja! Das heißt jedoch nicht, dass ich mich für niedere Beweggründe zur Verfügung stelle. Eine solche Sitzung mache ich nur, wenn der Trauernde daran glaubt und er seinen Kummer nicht auf normalem Wege bewältigen kann. Ich helfe einem Hinterbliebenen gern, aber ich biete keine Spielchen zur Belustigung an."

„Tut mir leid, falls das so rübergekommen ist", sagt Florian mit gedämpfter Stimme. Er sieht auf seine Füße und eine kurze Haarsträhne fällt ihm in die Stirn. „Ich meine es ernst, Lina. Bitte weise mich nicht ab!"

Mein Herz erweicht, als ich ihn so sehe. Er scheint ehrlich um seinen Vater zu trauern. So hart bin ich noch nie mit einem Betroffenen umgegangen. Ich schäme mich für meine frostigen Worte. Offenbar hat mir mein unfreiwilliges Outing stärker zugesetzt, als mir lieb ist.

„Wenn du willst, können wir uns heute Nachmittag treffen", schlage ich vor. „Du kannst zu mir kommen."

Florian schaut auf und sieht mich erleichtert an.

„Danke. Das weiß ich zu schätzen."

Wir tauschen unsere Adressen aus und Knall auf Fall bin ich mit dem Jungen meiner Träume verabredet. Auch wenn ich mir das irgendwie anders vorgestellt hatte.

# 3

Um halb vier klingelt Florian an der Tür unseres Reihenhauses in Berlin Rudow, einem ruhigen Teil der Stadt. Meine Mutter kommt mir zuvor und öffnet, als ich gerade die Treppen herunterhaste. Heute ist sie eher von der Arbeit nach Hause gekommen – wer weiß, warum? –, was mir natürlich sehr ungelegen kommt. Da sie ein Hausmonster ist, wird sie mit ihrem übertriebenen Ordnungsfimmel durch die Räume fegen und dafür sorgen, dass alles wie geleckt aussieht. Dabei nimmt sie keine Rücksicht darauf, ob ich Besuch habe oder nicht.

„Oh, wen haben wir denn hier?", ruft sie aus und scheint sich über das neue Gesicht zu wundern. „Dich kenne ich noch nicht."

„Guten Tag, ich bin Florian", antwortet er und reicht meiner Mutter die Hand. „Ich bin mit Lina verabredet."

„Ist gut, Mum, ich übernehme ab jetzt", gehe ich dazwischen und bitte Flo herein.

„Heute nicht so lange, junge Dame!", erinnert mich meine Mutter an meine Pflichten. „Du weißt, dass heute Putztag und dein Zimmer mal wieder fällig ist."

„Das kann ich auch am Wochenende machen", halte ich dagegen.

„Am Wochenende, mein liebes Kind, wolltest du zu Ronjas Party. Und wenn ich mich nicht irre, verhandeln wir noch darüber, ob du dort schlafen darfst."

„Verstehe schon, Mum", gebe ich klein bei und rolle mit den Augen. Ich führe Florian nach oben in mein Zimmer und schließe vorsichtshalber die Tür ab, damit meine Mutter nicht unverhofft hereinkommt.

„Wie du siehst, geht hier alles ganz irdisch zu", sage ich zu Florian und grinse.

„Ja, was anderes habe ich auch nicht erwartet", lächelt er zurück.

„Du hältst mich also nicht für einen Freak?", frage ich und setze mich mit ihm an den Tisch.

„Nein, nicht im Geringsten. Ich halte dich für ein hübsches und kluges Mädchen."

Meine Wangen werden heiß. Mit netten Worten habe ich nicht gerechnet. Florian schmunzelt unmerklich, er will mich wohl nicht noch mehr in Verlegenheit bringen.

„Seit wann bist du dieser Meinung?", frage ich verwundert. „Du hast mich doch nie beachtet."

„Wie kommst du darauf?", gibt er zurück. „Ich würde sagen, es ist eher umgekehrt. Wann immer ich an dir vorbeigelaufen bin, hast du dich abgewendet."

„Ach ja?", bin ich fassungslos, was ich da höre, und überlege. Kann schon sein, dass ich vor lauter Hemmungen seinem Blick ständig ausgewichen bin. Wie soll es einem auch gelingen, seinem Schwarm in die Augen zu schauen? Mag ja sein, dass es Mädchen gibt, die das können. Ich kann das jedenfalls nicht. Mein Herz pumpt im Akkord, wenn ich ihn sehe. So wie jetzt!

„Ja", bestätigt er meine Nachfrage. „Ich spiele wohl nicht in deiner Liga."

Er spielt nicht in meiner Liga! Ich lach mich schlapp. Umgekehrt wird ein Schuh draus. Aber egal. Darüber will ich mich nicht mit ihm streiten. Ich finde es amüsant, wenn er das so sieht. Immerhin ist er der Schönling der Schule und nicht ich. Gerne mehr davon!

„Erzähl mir von deinem Vater", gehe ich nicht auf seine letzte Bemerkung ein. Es gefällt mir, diesen Satz unkommentiert zu lassen. Er macht mich interessant. Das möchte ich ein bisschen genießen.

Florian nickt mit dem Kopf und scheint enttäuscht zu sein, dass ich das Gespräch in eine andere Richtung gelenkt habe. Kann es sein, dass er mich mag? Bis eben nahm ich noch an, es war nur dummes Gerede von ihm.

„Du sprichst anscheinend nicht gern über dich", stellt er fest und lehnt sich weiter vor. Dabei sieht er mir mit seinen kugelrunden braunen Augen so tief in die Iris, dass ich glaube, er bohrt sich an meinem Hinterkopf wieder heraus.

„Wie meinst du das?", frage ich verunsichert. Zu gern würde ich wissen, was er mit seiner Fragerei beabsichtigt.

„Ich denke, dass du dich hinter deiner Begabung versteckst und niemanden an dich heranlässt. Ein Kompliment ist dir unangenehm und du wechselst lieber das Thema, als dich zu sehr mit deinen Gefühlen zu beschäftigen."

„Wow, woher hast du denn diese Weisheit?", bin ich geplättet von so viel Ehrlichkeit. Ich rutsche auf dem Stuhl herum und würde gern aufstehen, um mich unterm Bett zu verkriechen. Ja, verflixt, er hat Recht. Mich mit mir selbst und meinen Gefühlen auseinanderzusetzen, ist mir lästig. Das gestehe ich mir kaum ein. Aber woher will Florian das wissen? Wir treffen uns heute das erste Mal.

„Ich habe auch eine Gabe", behauptet er. „Nämlich Menschen zu durchschauen."

Während ich weiter von ihm abrücke, zieht er den Stuhl näher zu mir heran. Wenn wir das so weitertreiben, sitzen wir bald an der Wand.

„Und du glaubst, auch mich durchschaut zu haben? Nach so kurzer Zeit?"

„Ja, absolut."

„Na fein, dann haben wir das ja geklärt", will ich zum Ende dieser unerquicklichen Unterhaltung kommen. Ein Junge, der mich mehr kennt, als ich mich selbst, ist mir unheimlich. Ich werde ihn aus meiner Schwarmliste streichen. Max ist doch auch recht attraktiv und bestimmt weniger scharfsinnig. Zu viel Cleverness bei einem Jungen kann problematisch sein. Schließlich sind die Mädels diejenigen, die das männliche Geschlecht manipulieren sollten und nicht umgekehrt.

„Okay, schon klar", hat Florian einen Geistesblitz. „Das Thema ist dir unangenehm."

„Nein, ganz und gar nicht. Wir können auch gerne den ganzen Nachtmittag über mich sprechen, statt Kontakt mit deinem Vater aufzunehmen", werde ich sarkastisch.

„Sorry", entschuldigt er sich unerwartet. „Ich bin zu weit gegangen und habe den eigentlichen Grund unseres Treffens aus den Augen verloren." Er wendet seinen Blick ab und schaut aus dem Fenster. „Es ist nur so: Ich bin verknallt in dich!"

Es wird still im Zimmer und keiner redet weiter. Ich stiere ihn bloß an, während er weiterhin nach draußen sieht.

„Äh, was?", bringe ich endlich heraus.

„Na ja, du hast richtig gehört", sagt er und blickt wieder in meine Richtung. „Ich dachte mir, ich sage es einfach geradeheraus, bevor der Nachmittag vorbei ist und wir uns danach nicht mehr kennen."

Jetzt kommt er mir mit seinem Stuhl wieder entgegen. Gleich sitze ich auf seinem Schoß.

„Ich bin ein wenig sprachlos", gebe ich offen zu. Dass mir mein Schwarm so unverblümt seine Gefühle gesteht, haut mich aus den Pantoffeln.

„Ja, das kann ich mir vorstellen", hat er Verständnis. „Weißt du, Lina, seitdem mein Vater gestorben ist, habe ich einen anderen Blick auf das Leben. Nun ist auch meine Mutter schwer an Krebs erkrankt und keiner weiß, ob sie das nächste Jahr noch da sein wird."

„Oh Gott, das tut mir leid.“

Ich bin geneigt, seine Hand zu nehmen, aber das traue ich mich nicht. Also belasse ich es bei meinen mitfühlenden Worten. Er nickt lediglich und erzählt weiter.

„Ich werde in ein paar Monaten zwanzig und beende die Schule, bin also alt genug, um für mich selbst zu sorgen und mir eine Wohnung zu nehmen. Ich muss realistisch bleiben. Niemand weiß, wie es weitergeht, aber ich habe Vorahnungen seit dem Tod meines Vaters. Ich denke, dass es meine Mutter nicht schaffen wird. Glaubst du, dass man so etwas vorher wissen kann?“

„Ja!“, schreie ich meine Antwort fast heraus. „Da bin ich sicher. Auch ich habe Vorahnungen und oft genug bewahrheiten sie sich. Ich weiß genau, wovon du sprichst.“

„Hey“, freut er sich, „dann haben wir ja was gemeinsam.“

„Scheint so“, lächle ich und bin froh, mit ihm eine Basis gefunden zu haben.

„Dann bin ich für dich kein Freak?“, stellt er mir die gleiche Frage wie ich ihm zuvor und grinst amüsiert.

„Nein, das bist du nicht. Du bist toll!“, schenke ich ihm meine Anerkennung, nachdem er mir seine Gefühle offenbart hat.

„Du findest mich toll?" Er greift nach meinen Händen. „Na, das lässt doch hoffen."

Er strahlt mich an und seine dunklen Augen beginnen zu glänzen.

„Vielleicht!", sage ich vieldeutig. Ich schaffe es nicht, über meinen Schatten zu springen und ihm anzuvertrauen, dass es mir nicht anders geht als ihm, dass auch ich für ihn schwärme – bereits seit einem Jahr. Dabei hat er mir gerade vor Augen gehalten, wie schnell das Leben vorbei sein kann und man selten eine zweite Chance erhält. Ich sollte ehrlich zu ihm sein, ebenfalls gestehen, dass ich ihn sehr mag.

„Nur vielleicht?", fragt er traurig.

Na bitte, Lina, jetzt hast du ihn gekränkt. Hast du toll hingekriegt. Er offenbart dir seine Liebe und du bist verkrampft wie ein verhärteter Muskel.

„Ein bisschen mehr als vielleicht", antworte ich und genieße seine warmen Hände, die die meinen immer noch umfasst halten.

„Gut, das klingt besser", scheint er erleichtert zu sein. „Dann könnten wir ja jetzt zum ursprünglichen Grund unseres Treffens kommen, damit ich dich nicht zu sehr bedränge. Ich will dich schließlich nicht verschrecken."

„Das tust du nicht", beruhige ich ihn. „Ich bin froh, dass du so ehrlich bist."

„Danke, dass du das sagst. Ich hab schon befürchtet, zu viel gewagt zu haben." Er zieht mich an den Händen ein wenig näher an sich heran, sodass ich fast vom Stuhl falle. Unsere Gesichter sind sich so nah wie zwei Grashalme auf einer Wiese. Ich spüre seinen Atem auf meiner Nasenspitze. „Darf ich dich küssen?", fragt er unverhohlen.

„Nein", sage ich und reiße mich von ihm los. Das geht mir eindeutig zu schnell. Ich springe vom Stuhl auf und starre ihn wütend an. Hat er womöglich eine Wette mit seinen Kumpels zu laufen, ob er es schafft, mich rumzukriegen? Das kommt mir spanisch vor. „Du fährst ja ein Tempo, da kann ich nicht mithalten, sorry."

„Tschuldigung", gibt er kleinlaut von sich. „Jetzt hab ich dich wohl doch verschreckt."

„Ja, Flo, das hast du! Ich glaub dir kein Wort mehr. Warum bist du wirklich hier? Glaubst du, ich wäre leichte Beute? Da muss ich dich enttäuschen. Du kannst deinen Freunden sagen, ich falle auf eure Tricks nicht rein."

„Tricks?"

„Nun tu nicht so scheinheilig! Glaubst du etwa, ich bin auf den Kopf gefallen? Du hast offenbar mit deinen Jungs gewettet, mich aufreißen zu können. Das ist echt mies von dir. Wahrscheinlich ist dein Vater nicht mal gestorben und alles, was du mir hier erzählt hast, ist ein Riesenschwindel."

„Ich ...", will Florian sich verteidigen, aber ich lasse ihn nicht zu Wort kommen.

„Geh einfach!", entscheide ich und zeige mit dem Finger zum Ausgang.

„Bitte, Lina, ich ..."

„Ich will deine Ausflüchte nicht hören! Da ist die Tür! Und tu mir einen Gefallen, sprich mich nicht noch mal an, ja? Nie wieder!"

# 4

Die große Pause verbringe ich am nächsten Tag im Klassenzimmer. Ich habe keine Lust, Florian zu begegnen. Die Nacht konnte ich kaum schlafen, weil ich ständig darüber nachgedacht habe, wie gemein seine Aktion war. Und ich war so blöd, ihm seine Worte abzukaufen. Gott, was bin ich naiv! Ich setze mich ans Fenster und sehe die Mädels auf dem Schulhof zusammenstehen – so wie immer. Auch Ronja ist dabei. Weil ich sie gestern angeschnauzt habe, ist sie heute sauer auf mich. Warum muss sie auch ausplaudern, was sie über mich weiß? Immerhin ist sie meine Freundin, da kann ich Verschwiegenheit von ihr erwarten. Na gut, ich hätte nicht so streng mit ihr sein müssen. Aber ich bin doch diejenige, die jetzt damit klarkommen muss, dass bald die ganze Schule über mich im Bilde ist.

Ich hauche gegen die Scheibe und male ein Herz aufs Glas. Nicht zu fassen, ich bin weiterhin in Florian verschossen. Ich kann nicht aufhören, an ihn zu denken. Das ist nicht gut! Vergiss diesen Fiesling und alles wird wieder gut. Nein, das wird es nicht, denn ich habe ja diese Vorahnung! Ich weiß, dass etwas Schreckliches passieren wird, nur ich habe keine Ahnung, was. Ob die Tarot-Karten meinen bevorstehenden Tod angekündigt haben?

„Lina?", reißt mich eine Stimme an der Klassentür aus den Gedanken. Ich drehe mich um und sehe, wie Florian auf mich zukommt. Prima! Jetzt bin ich allein und nichts und niemand kann mich vor ihm retten. Vermutlich will er mich weichkochen, damit er seine Wette noch gewinnt. „Ich hab auf dem Schulhof nach dir gesucht." Ich sage nichts, drehe mich zurück zum Fenster. „Schade, dass unser Nachmittag so schnell vorbei war", redet er weiter, bleibt jedoch mitten im Raum stehen, um die Distanz zwischen uns zu wahren. Ich bleibe stumm. „Da hab ich wohl Mist gebaut", gibt er zu. „Aber glaub mir, Lina, ich meine es ehrlich mit dir."

Wut kocht in mir hoch. Nun will er mich auch noch zum Narren halten. Wie kann er annehmen, ich würde ihm seine Lügen abnehmen? Ich schwinge herum wie ein Jagdbomber und lade meine Geschütze.

„Hör … auf …, mich … zu … belügen!", fordere ich im Zeitraffer und versuche, meinen Ton unter Kontrolle zu halten. „Geh einfach wieder in *dein* Leben und halte dich aus meinem heraus!"

„Lina, das ist alles ein Missverständnis …!"

„Hat sie sich nicht klar und deutlich ausgedrückt?", geht Ronja dazwischen, die gerade das Klassenzimmer betritt. „Sie will nichts mit dir zu tun haben. Also, verzieh dich!"

Florian streckt seine Hände in die Luft und lässt sie danach deprimiert fallen. Mit schüttelndem Kopf verlässt er ohne ein weiteres Wort den Raum und lässt mich mit einer Menge Fragen zurück.

Ronja läuft auf mich zu und breitet ihre Arme aus. Als sie mich erreicht, drückt sie mich an sich.

„Lina, es tut mir so leid, dass ich gestern meinen Mund nicht halten konnte. Kannst du mir verzeihen? Ich verspreche dir, dass mir das nicht noch einmal passieren wird. Außerdem habe ich Toni und Lilly geimpft, ihre Klappe zu halten. Sie werden nichts sagen, versprochen."

„Was macht dich da so sicher?"

„Na ja, ich hab ihnen klar gemacht, dass sie die Schularbeiten künftig von jemand anderem abschreiben können, falls sie dich verpfeifen."

Ich muss lachen.

„Du bist ja raffiniert. Letztlich haben sie ihre guten Noten dir zu verdanken."

„Richtig erkannt", sagt sie stolz. „Und ich habe dir eine Bombenfreundschaft zu verdanken, die ich nicht verlieren möchte."

„Ich auch nicht", lenke ich ein. „Ich bin froh, dass du auf mich zugekommen bist."

„Dann lass uns nie mehr streiten." Sie rückt von mir ab und hält mir ihre Hand hin. „Los, schlag ein!"

Wir reichen uns die Hände und ich bin ungemein erleichtert.

„Rate mal, mit wem ich heute ein Date habe!", wechselt sie das Thema und grient geheimnisvoll.

„Weiß nicht. Mit Ben?"

„Nö."

„Paul?"

„Oh Gott, nein!"

„Wer ist es dann?"

„Max."

„Max?", erbleiche ich. „Bitte, Ronja, sei vorsichtig. Möglicherweise geht es hier um eine Wette. Florian kam mir gestern schon so komisch vor. Nun auch noch Max. Die haben uns bisher nie beachtet und auf einmal wollen sie sich mit uns verabreden. Da ist doch was faul."

„Nun mach dir mal nicht ins Hemd!", stoppt sie meine Verschwörungstheorien. „Ich werde Max auf den Zahn fühlen. Weiter nichts. Du kennst mich, Lina, ich bin nicht so schnell zu beirren."

„Das ist wahr!", bescheinige ich Ronjas Selbstbewusstsein. „Du bist eine Schwarze Witwe!"

Wir lachen.

„Deshalb werde ich ihn kräftig in die Mangel nehmen", macht sie klar.

„Und ich werde dich morgen neugierig ausfragen", freue ich mich bereits auf das Resultat ihrer Nachforschungen.

Auch in der nächsten Nacht finde ich schwer in den Schlaf. Eine Stunde wälze ich mich herum, bis ich wieder aufstehe und mich im Dunkeln an meinen Tisch setze, um durch das Dachfenster in den Sternenhimmel zu schauen. Plötzlich spüre ich eine Präsenz im Zimmer. Es ist meine Großmutter, die verstarb, als ich sieben Jahre alt war. Seitdem kommt sie regelmäßig bei mir vorbei, erzählt mir was aus der Vergangenheit oder gibt mir ab und zu einen Tipp, wenn ich ein Problem habe. Sie spricht nicht in Worten zu mir, sondern verbindet sich mit meinem Geist, ist unmittelbar in meinen Gedanken. Sie schickt mir Bilder, Gefühle, Gerüche, die ich in Worte umsetzen kann. Von allen Seelen, mit denen ich gesprochen habe, verstehe ich sie am besten. Womöglich haben wir ein starkes Band miteinander, sind seelenverwandt. Oder aber sie versteht es, sich besonders deutlich auszudrücken. Nicht jede Seele hat dieses Talent, kann sich mit dem Diesseits gleich gut verbinden. Immerhin leben wir in zwei verschiedenen Welten. Dort drüben existiert man auf andere Weise. Wie genau, kann ich nicht erklären, doch durch meinen steten Kontakt zu Verstorbenen meine ich, es ein bisschen besser zu verstehen als andere Menschen. Dort führt man ein feinstoffliches Leben auf geistiger Ebene. Während wir auf dieser Seite einen Körper besitzen und alles aus Materie besteht – unsere gesamte Welt! Darum können wir uns auch schlecht vorstellen, dass es ein Leben ohne eine materielle Substanz gibt. Aber so ist es. Und ich finde es tröstlich zu wissen, dass wir immer existieren werden.

„Hallo Oma", begrüße ich sie laut und lächle in die Dunkelheit hinein. „Schön, dass du hier bist."

Ich sehe sie in meinem Kopf und staune, als ich unvermittelt eine Erscheinung im Zimmer wahrnehme, die die Umrisse meiner Großmutter hat.

„Du bist auf dem Holzweg", sagt sie zu mir und ich hätte schwören können, sie wirklich zu hören. Doch das kann ja nicht sein. Sie ist ein Geist ohne Körper und Stimmbänder.

„Wie kommst du darauf?", frage ich neugierig und bin mir im Klaren, keine eindeutige Antwort von ihr zu erhalten. Inzwischen habe ich gelernt, dass die Seelen sich nicht in unser Leben einmischen, nichts sagen dürfen, dass unsere Entscheidungen beeinflusst. Allerdings widersetzt sich meine Oma dieser Regel manchmal und beugt die Gesetze des Jenseits, um mir zu helfen.

„Du musst deinen Gefühlen folgen, nicht deinem Verstand", gibt sie mir mit auf den Weg. Leider ist mir das zu schwammig und ich kann mir keinen Reim darauf machen.

„Oma, ich folge permanent meinen Gefühlen … glaube ich jedenfalls." Ich sehe sie lachen. Es ist ein nachsichtiges Lachen. „Kannst du mir nicht ein bisschen mehr verraten?", frage ich hilflos. „Warum habe ich die Todeskarte beim Tarot gezogen, als ich nach Florian gefragt habe? Bitte Oma, nur einen klitzekleinen Hinweis, damit ich mir nicht so viele Sorgen machen muss. Bitte, bitte!"

„Kind, ich kann dir bloß so viel sagen: Wir alle müssen unsere Erfahrungen im Leben machen. Mal im Diesseits, mal im Jenseits. Angst brauchst du nicht zu haben, denn du bist niemals allein. Aber viel wichtiger ist, dass du jemandem helfen musst. Folge deinem Gefühl, nicht deinem Verstand."

„Danke, Oma", sage ich und gebe es auf, weiter nachzubohren. Ich habe verstanden, dass sie mir nicht mehr sagen kann. Und wahrscheinlich sollte ich mir die Zeit nehmen, eine Weile über ihre Worte nachzudenken.

Ihre Silhouette löst sich auf und in Gedanken sehe ich, wie sie mir einen Kuss zuwirft. „Ich hab dich lieb, Oma", kann ich ihr noch zurufen, bevor sie ganz verschwunden ist.

# 5

Es ist Samstag und ich freue mich auf Ronjas Party. Mit meiner Mutter habe ich zusammen ein paar Salate zubereitet, die ich mitbringen möchte, damit Ronja nicht mit der ganzen Arbeit alleine dasteht. Gegen vier Uhr fährt mich mein Vater zu meiner Freundin. Sie hat mich gebeten, bei den Vorbereitungen zu helfen. Als wir in der Straße eintreffen, in der Ronja wohnt und der Wagen eingeparkt ist, spricht mein Dad ein paar mahnende Worte zu mir.

„Du machst keine Dummheiten, Lina! Um Mitternacht ist Schluss und darauf muss ich mich verlassen können."

„Klar, Paps. Mach dir keine Sorgen. Ronjas Eltern sind bis dahin wieder zu Hause und werden auf uns Acht geben."

Meine Güte, ich bin siebzehn. In drei Monaten hab ich Geburtstag und werde achtzehn. Diese übertriebene Besorgnis nervt. Manchmal glaube ich, im Kloster zu leben und mein Zölibat abgelegt zu haben. Da ich ein Einzelkind bin, packen mich meine Eltern in Watte und erdrücken mich mit ihrer Fürsorge. Und was mache ich? Anstatt auszubrechen und mich mal so richtig danebenzubenehmen, füge ich mich ihrer Autorität. Ich muss dringend an mir arbeiten.

„Am besten rufst du uns an, damit wir wissen, dass alles gut ist."

„Nein, Paps, das werde ich bestimmt nicht machen! Bitte übertreib's nicht. Ronjas Eltern haben mit euch gesprochen und ihr wisst, dass sie abends wieder da sein werden. Das ist mir echt zu doof."

„Lina! Ich fahre uns gleich zurück!"

„Warst du eigentlich nie jung?"

„Doch, Kind, das war ich."

„Dann weißt du ja, wie sehr Eltern nerven können."

„Und ich weiß auch, welche Flausen einem in dem Alter durch den Kopf gehen."

Ich stöhne laut auf.

„Danke für euer Vertrauen", sage ich gereizt und schaue beleidigt aus dem Frontfenster. „Können wir jetzt hoch?"

Mein Vater wirft mir einen nachdenklichen Blick zu, das merke ich, auch wenn meine Augen nach vorne gerichtet sind.

„Also schön, dann ersparen wir uns den Anruf und du versprichst, morgen zum Frühstück zu Hause zu sein", lenkt er ein.

„Aber ich dachte, mit Ronja frühstücken zu können", gebe ich mich immer noch nicht zufrieden.

„Lina, treib's nicht auf die Spitze."

„Paps!" Ich wende mich zur Seite und sehe meinem Dad ins Gesicht. „Findest du es nicht unlogisch, dass ich nicht zum Resteessen bei Ronja bleiben darf? Ihre Eltern rechnen mit mir."

Gleich hab ich ihn! Wär doch gelacht, wenn ich dieses kleine Duell mit meinem Vater nicht für mich entscheiden könnte. Immerhin frisst er mir für gewöhnlich aus der Hand. Er atmet tief durch und grinst.

„Du bist unerbittlich, weißt du das, Mädchen?"

„Ja, Paps, darum hast du mich schließlich so lieb."

„Okay, dann bist du morgen gegen Mittag zurück. Und jetzt keine weitere Diskussion, verstanden?"

„Nein, versprochen", versichere ich ihm und freue mich diebisch, die Schlacht gewonnen zu haben. „Hilfst du mir, die Salate in die Wohnung zu tragen?"

„Du weißt doch, dass ich dir keinen Wunsch abschlagen kann. Dein Daddy ist machtlos gegen dich, Kleines", antwortet er und nimmt mich in den Arm. „Ich kann wohl nicht akzeptieren, dass du langsam erwachsen wirst."

„Keine Angst, Paps, ich gehe dir nicht verloren. Niemals." *Auch nicht, wenn ich tot bin.*

„Das ist schön, mein Engelchen", freut er sich und lässt mich wieder los. „Und jetzt tragen wir gemeinsam das Essen hoch, damit die Gäste nicht verhungern müssen."

Als mein Vater gegangen ist, dekorieren Ronja und ich die Wohnung mit ein paar Girlanden und lassen uns danach gut gelaunt auf die Couch plumpsen.

„Du hast deinem Dad gar nicht gesagt, dass meine Eltern übers Wochenende verreist sind", erinnert mich Ronja an meine kleine Täuschung.

„Bist du verrückt? Dann hätte ich mir die Party abschminken können. Meine Eltern sind leider nicht so locker drauf wie deine."

„Dafür sind sie sehr besorgt um dich. Manchmal kommt es mir so vor, als wäre ich meinen Eltern egal."

„Das bist du nicht, Ronja. Sie müssen halt viel arbeiten, um dir ein gutes Leben zu ermöglichen. Sei nicht ungerecht."

Sie seufzt und drückt ein Kissen gegen mich.

„Du hast aber auch immer den Durchblick. Manchmal könnte man meinen, du bist eine vergreiste weise Frau voller Lebenserfahrung."

„Wer weiß", lächle ich, „vermutlich bin ich eine alte Seele und hab seither etliche Male auf der Erde gelebt. Könnte doch sein."

„Ich war bestimmt mal ein Mann in meinem letzten Leben", amüsiert sich Ronja und kichert ins Kissen hinein.

„So energisch und tollkühn wie du manchmal bist, kann ich mir das auch vorstellen", bestätige ich sie. „Du hast übrigens noch nichts von dem Treffen mit Max erzählt. Du wolltest ihn doch auf die Probe stellen. Glaubst du, er und Flo verfolgen eine Hinterlist?"

Ronja wirft ihren Kopf nach hinten und sieht zur Decke.

„Jein", antwortet sie zweideutig und verstummt mit einem Grinsen im Gesicht.

„Soll heißen?", hake ich nach.

„Ich weiß nicht, was Max oder Flori vorhaben. Ich kann dir lediglich verraten, was meine Absichten sind: endlich mal Erfahrungen mit einem älteren Jungen sammeln", gibt sie zu und schmunzelt vielsagend.

Ich reiße meine Augen auf und sehe sie fast vorwurfsvoll an.

„Ronja!", entfährt es mir. „Willst du etwa sagen, ihr habt …?"

„Eine Lady genießt und schweigt."

„Ich kann's nicht glauben", wundere ich mich. „Macht es dir denn nichts aus, dass er dich womöglich bloß ausgenutzt hat?"

„Fragt sich, wer hier wen ausgenutzt hat", gibt sie zu bedenken. „Ich will nicht mit Max zusammen sein, Lina. Ich wollte nur endlich wissen, wie es ist."

„Und wie ist es?", frage ich neugierig.

„Ganz nett", entgegnet sie entzaubert. „Glaub mir, Sex wird maßlos überschätzt. Aber Max kam mir gerade recht. Obwohl ich lieber mit Hendrik ein Date gehabt hätte. Manchmal muss man eben nehmen, was sich einem bietet."

„Das sehe ich anders."

„Ich weiß, Süße! Auf deiner Stirn steht ja auch: Ich bin keusch und tugendhaft."

„Und auf deiner Stirn steht jetzt: Ich treib's mit jedem!"

„Mit *fast* jedem", korrigiert sie mich und lacht laut auf.

„Du hast echt 'n Knall."

„Ja, nicht wahr?", freut sie sich und steckt mich mit ihrem Lachen an.

# 6

Ab siebzehn Uhr treffen die ersten Gäste ein. Nach und nach füllt sich die Wohnung und ich staune, als Max und Hendrik auftauchen. Gut, dass Florian nicht dabei ist. Das würde mir den Abend verderben. Max hängt sich an Ronja und ich kann nicht fassen, wie verliebt er aussieht. Kann es sein, dass meine Freundin sein Herz erobert hat? Dabei war ich mir sicher, er würde es nicht ernst mit ihr meinen. Jetzt kristallisiert sich heraus, dass es umgekehrt ist, denn Ronja lässt ihn links liegen und flirtet ungeniert mit Hendrik. Sie ist ein Jungenschreck und plötzlich sehe ich meine Freundin in einem neuen Licht. Vermutlich war sie wirklich ein Mann in ihrem früheren Leben und führt ihre trieblosen Abenteuer heute fort. Schwachsinn, Lina! Ronja ist eine Genießerin und ich sollte mir eine Scheibe von ihr abschneiden. Im Gegensatz zu ihr bin ich verklemmt wie ein verbogener Schraubverschluss.

Es klingelt an der Tür. Die Musik ist so laut, dass Ronja nichts mitbekommen hat. Oder liegt es daran, dass sie sich mit Max und Hendrik im Ausnahmezustand befindet? Ich sehe, wie sie mal mit dem einen, dann mit dem anderen herumschäkert. Ich löse mich von den Mädels, mit denen ich gerade rumgealbert habe, und gehe in den Flur, um die Tür zu öffnen. Im selben Moment fahre ich zusammen.

„Florian!", sage ich und verschlucke mich an der Luft, die ich zu tief eingeatmet habe. Luft ist ja auch ein gefährliches Element. Vor allem in diesem Augenblick. Ich überlege, die Tür einfach zufallen zu lassen, doch da tritt Florian schon in die Wohnung ein. Er schnappt mich am Oberarm und hält mich fest, als mir die Idee zum Rückzug kommt. Kann er Gedanken lesen?

„Du holst jetzt deine Jacke und dann gehen wir!", befiehlt er mir.

Ich schaue ihn mit übergroßen Augen an und bin verblüfft über den herrischen Ton.

„Sind wir hier beim Militär?", frage ich provozierend. „Du hast mir gar nichts zu sagen!"

„Nein, das habe ich nicht! Trotzdem lasse ich es nicht zu, dass du mich als Lügner bezichtigst! Deshalb bestehe ich darauf, dass du mich begleitest. Jetzt!"

„Und wenn ich das nicht will?"

„Dann gehen wir halt so und du bekommst meine Jacke", legt er fest und zieht mich ins Treppenhaus.

„Du kannst mich doch nicht einfach entführen! Ronja wird sich Sorgen machen!"

„Schick ihr von unterwegs eine Nachricht."

Er drückt mich voran die Treppen nach unten. Ich bin mir nicht sicher, ob ich mich wehren soll oder ihn stumm begleite. Letzten Endes hat mich sein Auftritt neugierig gemacht. Als wir vom Hauseingang auf den Gehweg treten, zieht er seine Jacke aus und legt sie mir um die Schultern. Es ist kühl an diesem Frühlingsabend in Berlin und ihm scheint es wichtig zu sein, dass ich nicht friere. Steckt da ein Gentleman in ihm, der sich gerade aus der Deckung begibt? Immerhin hat er sich bis eben noch wie ein Diktator aufgeführt.

„Und wo soll es nun hingehen?", frage ich. „Willst du mich unter einer dunklen Brücke aufschlitzen?"

Er nimmt Kurs mit mir auf ein Auto, das er mit der Fernbedienung öffnet. Die viertürige Limousine hupt erfreut auf und leuchtet uns an. Eine Antwort bleibt mir Florian schuldig.

Wie er sich wohl so einen Wagen leisten kann? Seine Eltern müssen schwerreich sein. Als wir sein Gefährt erreichen, öffnet er die Beifahrertür und fordert mich mit einem Wink auf einzusteigen. Wortlos folge ich seinem Kommando und wundere mich über ihn. Er wirkt verärgert oder aber verletzt. Dabei war er doch derjenige, der mit mir ein falsches Spiel getrieben hat. Oder übersehe ich da was?

Kaum hat er auf der Fahrerseite Platz genommen, startet er den Wagen und lässt den Motor aufheulen. Der kann auch nichts dafür! Rabiat und mit quietschenden Reifen fährt er los und mir fällt ein, mich besser anzuschnallen. Alles deutet darauf hin, dass es eine rasante Fahrt werden wird, denn Florians Laune bessert sich nicht.

„Meinst du nicht, du solltest mir wenigstens sagen, was du vorhast?", beschwöre ich ihn fast, mir etwas zu verraten.

„Vielleicht sollte ich das", ist seine karge Antwort.

„Ja, und?", drängle ich weiter.

Nichts. Kein Wort drängt mehr über seine Lippen. Na, das war ja sehr hilfreich. Vielen Dank auch!

Ich versuche, mir den Weg zu merken. Es könnte schließlich sein, dass ich die Strecke allein zurücklaufen muss. Ich habe kein Geld dabei, keine Jacke, gar nichts. Alles befindet sich bei Ronja in der Wohnung. Falls mich Florian unterwegs aussetzt, bin ich aufgeschmissen. Fast bekomme ich es mit der Angst zu tun. Allerdings kann ich mir nicht vorstellen, dass er mir schaden will. Oder doch? Herrjemine, diese Situation ist ja haarsträubend. Hilfe, warum bin ich hier? Wieso bin ich nicht schreiend davongelaufen? – Weil du auf Florian stehst! – Nein, das tu' ich nicht! – Doch, tust du! Und jetzt hoffst du, dass er ein netter Kerl ist. – Ist er ja auch! – Ist er nicht! – Ach, was du alles weißt! – Klar, ich bin ja auch du! – Bist du nicht! Ich kenne dich nicht.

Nach zwanzig Minuten erreichen wir ein großes Einfamilienhaus in einer ruhigen Straße in Berlin Dahlem auf dessen Auffahrt Florian den Wagen abstellt. Will er mich hier im Keller anketten und als Geisel halten? Als er aussteigt, bleibe ich sitzen. Ich geh doch nicht freiwillig zum Schafott!

Die Beifahrertür wird von draußen geöffnet und ich starre in schwarze, glühende

Augen. Meine Güte, er sieht aus wie der Rächer der Unterwelt.

„Würdest du dich bitte herausbequemen?", lässt er seinen nicht vorhandenen Charme sprühen. Wenn das so weitergeht, glaube ich noch, er ist der Nachfahre von Jekyll und Hyde. Erst gibt er sich wie ein schnurrendes Kätzchen und ein paar Tage später wandelt er als Säbelzahntiger durchs Land.

„Und was passiert dann?", frage ich verunsichert.

„Steig einfach aus!", gibt er sich weiterhin bedeckt und führt sich auf wie ein Zar.

Ich folge seinem Willen, obwohl ich gerne weglaufen oder mich im dunklen Garten verstecken möchte. Aber ich bin Lina, die Heldin des Alltags, die sich leichtsinnig in jedes Abenteuer stürzt. Also, wo sind meine Waffen oder soll ich den Tiger mit bloßen Händen überwältigen?

Wir gehen zum Eingang und Florian schließt auf. Es ist warm im Haus, eine Spur zu warm. Darum lege ich die viel zu große Jacke ab und hänge sie an eine elegante Garderobe direkt vor mir. Florian sieht mir dabei zu und reicht mir seine Hand, als ich fertig bin. Ist das ein Friedensangebot?

„Komm, ich stell dir meine Mutter vor", sagt er und führt mich ins Wohnzimmer. Mir rutscht das Herz in die Hose. Wird das jetzt ein förmliches Treffen? Eine kleine zierliche Frau sitzt auf dem Sofa und schaut schläfrig in den Fernseher. Das Gerät ist recht leise gestellt, als wäre der Ton störend für sie. Auf dem Kopf trägt sie ein Tuch. Man sieht, dass ihr das Haar darunter ausgegangen ist. Sie ist blass und dunkle Augenränder zieren ihr Gesicht. Als sie uns sieht, strahlen ihre Augen und sie bemüht sich um ein Lächeln.

„Flo, wie schön! Ist dies das Mädchen, von dem du mir erzählt hast?", erkundigt sie sich und sieht mich liebevoll an.

„Ja, das ist Lina. Lina – meine Mum", sagt er und macht uns miteinander bekannt."

„Hallo", sage ich zurückhaltend und bin noch dabei, die Situation zu erfassen.

„Bitte nenn mich Kathrin", bietet sie mir an. „Wir wollen nicht zu förmlich sein." Ich reiche ihr die Hand und spüre ihren schwachen Händedruck. Beinahe habe ich Sorge, ihre zarten Knochen könnten brechen. „Setzt euch doch. Möchtest du etwas trinken?"

„Gern", antworte ich betroffen und nehme auf einem Sessel Platz. Die Einrichtung erscheint mir sehr geschmackvoll zu sein, allerdings ist sie mir zu vornehm. Ich mag es lieber einfacher. Meine Eltern sind gute Durchschnittsverdiener, wir gehören also zur Mittelschicht. Florian dagegen ist wohl in einer anderen Welt groß geworden, in der der Luxus eine entscheidende Rolle spielt. Doch was hat man von all dem, wenn einem die Eltern zu früh verloren gehen? Kathrin scheint schwer krank zu sein. Ist es das, was mir Florian zeigen wollte?

„Bleib sitzen, Mum, ich kümmere mich darum", sagt er und geht in die Küche. Ich bleibe mit Kathrin allein zurück und spüre, wie mir ein Kloß im Hals anwächst.

„Du bist ein hübsches Mädchen, Lina, hast so schöne blonde Haare."

„Danke", erwidere ich nur und weiß nicht, was ich sagen könnte. Ich schäme mich, weil ich Florian vorgeworfen habe, er hätte mich belogen. Nun sitze ich seiner kranken Mutter gegenüber, der er offenbar von mir erzählt hat. Ich möchte am liebsten unter den Teppich kriechen vor Pein.

„Flo hat mir erzählt, du bist zwei Klassen unter ihm. Willst du denn auch mal dein Abitur machen?", erkundigt sie sich interessiert.

„Ja, das habe ich vor." *Falls ich dann noch lebe.* Warum denke ich jetzt an die Tarot-Karten?

„Und wie sehen deine Zukunftspläne aus?"

„Auf jeden Fall möchte ich studieren. Vielleicht Wirtschaftswissenschaften. Aber das habe ich noch nicht entschieden. Ich weiß ja nicht, was die Zukunft so bringt", hänge ich verwirrt an und schaue auf die kranke Frau vor mir. Kathrin scheint zu ahnen, was mir durch den Kopf geht, denn sie nickt verständnisvoll.

„Weißt du, Lina, niemand kennt seine Zukunft. Und das ist auch besser so. Stell dir vor, du wüsstest heute schon, was morgen geschieht. Das würde dir doch Angst bereiten, oder?"

„Ja, das macht mir eine Höllenangst", stimme ich ihr bei und denke an die Todeskarte.

„Lina, wovon sprichst du gerade?", will Kathrin wissen. Sie hat natürlich spitzbekommen, dass ich da an etwas Bestimmtes denke und wundert sich über mich. Gern würde ich ihr mein Leid klagen und ihr von dem Tarot-Spiel erzählen. Mit meinen Eltern kann ich darüber nicht sprechen. Sie glauben mir kein Wort und wollen mit meinen Fähigkeiten nichts zu tun haben. Dass ich mit Verstorbenen sprechen kann, ist für sie Humbug. Und in Kathrin vermute ich eine weltoffene, sehr aufgeschlossene Zuhörerin, die mir die Furcht sicher nehmen könnte. Nur sie steht selbst an der Schwelle zum Jenseits. Es wäre egoistisch von mir, mit ihr darüber zu sprechen. „Du brauchst dich vorm Tod nicht zu fürchten", sagt sie überraschenderweise. „Niemand braucht das."

„So ist es auch nicht … wirklich", widerspreche ich und staune über ihr Feingespür. „Ich möchte bloß ein bisschen mehr Zeit haben. Bis jetzt habe ich doch nichts erlebt."

„Aber Kind, du bist so jung. Wie kommst du darauf, deine Zeit wäre abgelaufen?"

„Ich weiß nicht", antworte ich schlicht. Ich wage es nicht, von der Karte zu erzählen. Könnte ja sein, ich interpretiere sie vollkommen falsch. So wird es auch sein.

„Ich schaue dem Tod ins Gesicht, Lina. Niemand wird mich mehr retten können. Das wusste ich schon, als die Krankheit nicht mal ausgebrochen war. Bevor mein Mann erkrankte, ahnte ich seinen Tod. Ein paar Monate später ist es passiert. Ich kann solche Dinge sehen und bei dir sehe ich nichts", betont sie und will mich beruhigen.

„Sie können den Tod anderer vorausahnen?", frage ich stutzig.

„Ja, das kann sie!", höre ich Florian hinter mir sagen. Er kommt mit zwei gefüllten Gläsern zurück und stellt sie auf den Tisch. Danach setzt er sich auf die Armlehne meines Sessels. Es wirkt sehr vertraut, ihn so neben mir zu haben. Seinen Arm legt er lässig hinter mir auf der Lehne ab. Es sind nur ein paar Zentimeter, die uns trennen. „Du bist nicht die Einzige mit ungeahnten Talenten."

„Das finde ich beeindruckend", sage ich und bin baff. „Ich hab noch nie von Menschen gehört, die das können."

„Ach, in unserer Familie waren übersinnliche Begabungen gang und gäbe", klärt mich Kathrin auf. „Meine Mutter war eine Wahrsagerin und meine Großmutter eine Heilerin. Flo hat Visionen und ich habe gehört, dass auch du über eine interessante Gabe verfügst."

Sie sieht mich begeistert an.

„Na ja …", gebe ich lediglich von mir und sehe zu Boden. Ich habe gelernt, vorsichtig zu sein mit dem, was ich erzähle. Zu oft wurde ich nicht ernst genommen, am Ende sogar belächelt.

„Sei unbesorgt, Lina, hier bist du unter Freunden", versichert sie mir, dass sie mir Glauben schenken wird. „Ich habe viel erlebt und glaube fest an ein Leben nach dem Tod. Mein Mann kam mich nach seinem Tod besuchen – mehrmals."

„Wirklich?", freue ich mich. Ich habe von einigen Fällen gehört, wo Verstorbene ihre Liebsten ein letztes Mal aufgesucht haben. Es ist immer schön für mich, davon zu erfahren. Denn solch ein Besuch kann für die Hinterbliebenen sehr tröstlich sein. „Wie hat er sich bemerkbar gemacht?"

„Oh, er hat den Fernseher öfter anspringen lassen, ein Bild von uns beiden von der Kommode gestoßen und das Licht aus- und angestellt. Sind das die Zeichen der Verstorbenen?", will sie von mir wissen. „Du weißt es sicher am besten."

Ich nicke.

„Ja, sie können den Strom in unserer Welt beeinflussen. Doch es ist schwer für sie und nicht jeder Verstorbene beherrscht die gleichen Dinge. Sie müssen es üben und versuchen es solange, bis es funktioniert. Manchmal blinken dann Glühbirnen auf, hin und wieder fallen Gegenstände vom Tisch. Sie wollen uns mitteilen, dass sie noch leben, wir nicht um sie trauern sollen und sie uns lieben. Sie wollen uns keine Angst machen und hören sofort auf, falls wir uns dabei nicht wohlfühlen."

„Du weißt eine Menge darüber", stellt Kathrin fest.

Florian rückt mir näher, so nah, dass ich seine Körperwärme spüre. Gleich plumpst er zu mir auf die Sitzfläche.

„Ich erfahre einiges von drüben. Manchmal plaudern die Verstorbenen aus dem Nähkästchen. Vor allem meine Oma Helga ist sehr gesprächig", lache ich und könnte schwören, dass sie bei mir ist. Auch fühle ich die Gegenwart eines Mannes. Womöglich Florians Vater?

„Weißt du mehr über den Tod? Wo wir hingehen?", interessiert sich Kathrin.

„Nein, leider nicht. Darüber sprechen die Seelen nicht mit uns. Wir sollen unbefangen unser Leben führen, unsere Erfahrungen machen und weiter nichts."

„Aber wir dürfen wissen, dass wir nach dem irdischen Tod noch leben? Ist da nicht ein Widerspruch?"

„Ich denke nicht. Das Jenseits ist kein Geheimnis. Trotzdem gibt es viele Menschen, die es leugnen. Niemand drüben will, dass wir uns vorm Tod fürchten. Darum erfahren wir von dieser Welt durch medial Veranlagte oder durch Hinterbliebene, die besucht worden sind. Manchmal schicken sie uns auch Bilder von dort. Es scheint in dieser Welt sehr schön zu sein. Die Seelen genießen im Jenseits ihr Leben und erholen sich von den Strapazen als Mensch. Auch können sie die Liebe als geistiges Wesen viel stärker empfinden und fühlen mehr Freude und Verständnis. Wüssten wir dagegen übers Jenseits und die Pläne genau Bescheid, würden wir im Diesseits anders handeln. Genau davor möchte uns die jenseitige Welt bewahren. Wir brauchen unsere Erfahrungen als Mensch, um uns weiterzuentwickeln.“

Kathrin lächelt.

„Das klingt sehr schön. Es macht Hoffnung“, sagt sie und zum ersten Mal an diesem Abend bin ich dankbar, dass Florian mich hierhergebracht hat. Ich habe das Gefühl, jemandem helfen zu können, und das ist wie ein Geschenk für mich. Hat meine Oma dies damit gemeint?

„Möchten Sie, dass ich mit Ihrem Mann in Kontakt trete?“, frage ich vorsichtig. Zwar weiß ich, dass Florian sich dies von mir gewünscht hat, das heißt aber nicht, dass Kathrin den gleichen Wunsch hegt. Doch da sie dem Thema sehr offen gegenübersteht, kann ich mir vorstellen, ich täte ihr damit einen Gefallen. Immerhin wird sie ihrem Mann wohl bald folgen.

„Oh, Kind, das wäre großartig! Ich fühle, dass er ständig bei mir ist.“

„Ja, das ist er", bestätige ich. „Er möchte schon die ganze Zeit mit Ihnen sprechen, wollte uns aber nicht unterbrechen."

„Ach ja?", fragt Kathrin und ich sehe, wie sich eine Träne aus ihrem Auge löst. „Kannst du ihn fragen, wie es ihm geht?"

„Natürlich", antworte ich und höre in mich hinein. Es bedarf inzwischen keiner großen Konzentration mehr. Ich habe so häufig mit Verstorbenen geredet, dass ich gelernt habe, ihre Zeichen und Bilder in Worte zu übersetzen. Meistens entstehen so sehr lebhafte Gespräche. „Er sagt, es ginge ihm sehr gut. Sie würden toll gegen Ihre Krankheit kämpfen und er möchte nicht, dass Sie um ihn trauern."

„Kannst du ihn denn sehen?", mischt sich Florian ein und wirkt skeptisch. Das ist kein Problem für mich. Ich bin zweifelnde Blicke gewohnt. Die meisten brauchen einen Beweis, dass ich wirklich mit Verstorbenen kommuniziere und mir nicht irgendetwas ausdenke. Dafür habe ich Verständnis. Auch die Seelen wissen von diesen Zweifeln und schicken mir oft eindeutige Informationen, von denen ich nichts wissen kann, bloß der Hinterbliebene.

„Ja", antworte ich, „dein Vater schickt mir ein Bild von sich. „Er war groß, hatte volles schwarzes Haar und trug in seiner Freizeit gerne Jeans und blaue T-Shirts. Er mochte das Einfache, musste jedoch für die Arbeit Schlips und Anzug tragen."

„Genau so war es!", bekräftigt Kathrin meine Aussage. „Er trug regelmäßig blaue Shirts. Ich hab nie verstanden, warum."

„Er sagt, sie waren einfach pflegeleicht – so wie Sie."

„Ach Gott, Lina, das hat er dauernd zu mir gesagt. Ich wäre pflegeleicht." Kathrin schmunzelt. „Woher wissen Sie das alles nur? Sie können tatsächlich mit Geistern sprechen, nicht wahr?"

„Ja, schon immer", erwidere ich und empfange im selben Augenblick eine neue Nachricht. „Ihr Mann hieß Tom, oder?"

„Richtig."

„Tom möchte Ihnen sagen, dass er Sie sehr liebt und dass es ihm leidtäte, dass er Ihnen nie einen Verlobungsring geschenkt hätte. Sie sollen doch mal in seinem Arbeitszimmer nachsehen und die dritte Schublade des kleinen Sekretärs aufziehen. Dort hätte er eine Überraschung für Sie bereitgelegt. Er ist untröstlich, dass er Ihnen das Geschenk nicht mehr selbst überreichen kann."

Florian und Kathrin sehen sich irritiert an.

„Du weißt von dem Sekretär?", fragt mich Flo.

„Ich nicht. Dein Vater", sage ich und lächle ihn vertrauensvoll an. Denkt er etwa, ich bin hier eines Nachts eingedrungen, um das Haus auszuspähen? Seh' ich aus wie Lara Croft?

„Ich schaue nach!", gibt er zurück und verschwindet die Treppe nach oben. Kathrin kommen die Tränen und ich hoffe nicht, dass ich sie überfordere. Aus einem der oberen Räume hört man es rumsen. Florian wird den Schreibtisch lautstark durchsuchen.

„Hier hab ich was!", ruft er von oben herunter. Kurz darauf hechtet er wieder aus dem Zimmer und stürmt nach unten. „Es ist ein kleines Kästchen mit einer Schleife. Das wird es wohl sein."

Er reicht es seiner Mutter, die es aufgeregt entgegennimmt. Mit zitternden Händen löst sie die Schleife und öffnet den Deckel der Schatulle.

„Mein Gott!", ruft sie aus und greift hinein. Sie zieht einen weißgoldenen Ring hervor, der mit einem hellen Edelstein besetzt ist und prachtvoll glänzt. Nun kommen auch mir die Tränen. Dass ein Verstorbener jemanden nachträglich beschenkt, habe ich noch nicht erlebt. Das rührt mich zutiefst und zeigt deutlich, wie sehr wir mit unseren Lieben auch nach dem Tod verbunden bleiben.

„Lina, sagen Sie Tom, dass er wunderschön aussieht!"

„Er hört Sie, Kathrin. Sie können ihn direkt ansprechen", erkläre ich ihr.

„Danke, Tom. Ich bin so glücklich. Auch wenn mir wahrscheinlich nicht viel Zeit bleiben wird, ihn zu tragen. Aber dieser Ring ist das schönste Geschenk, das du mir bereiten konntest. Ich liebe dich so sehr."

# 7

Florian hat sich mit mir in sein Reich zurückgezogen. Es ist ein großer Raum, der sehr erwachsen aussieht. Wenn ich bedenke, wie viele Poster die Wände meines Zimmers zieren, ist dies hier eher schlicht. Ein Bett, ein Tisch mit vier Stühlen, ein modernes Sofa vor einem mächtigen Flachbildfernseher und ein Schreibtisch, auf dem ein Computer steht.

Ich entscheide mich für die Couch, Flo folgt mir und setzt sich neben mich.

„Ich weiß nicht, was ich sagen soll", beginne ich das Gespräch. „Tut mir leid, dass ich dir nicht geglaubt habe. Ich hätte es besser wissen müssen."

„Lass uns nicht mehr darüber sprechen, okay?", bietet er an und ich bin dankbar für seine Worte. Denn ich habe noch Gewissensbisse und möchte gar nicht mehr daran denken, was ich ihm alles an den Kopf geworfen habe.

„Du hast meine Mutter sehr beeindruckt, mich natürlich auch", sagt er mit einem leichten Lächeln im Gesicht. „Macht dir das keine Angst, die Seelen so deutlich zu sehen?"

„Nein", sage ich und kräusle die Stirn. „Warum sollte es?"

„Nun ja, sie sind Geister. Das ist bestimmt seltsam."

„Ich kenne es nicht anders und bin an sie gewöhnt. Doch sie sind nicht rund um die Uhr an meiner Seite. Wenn ich allein sein will, respektieren sie das. Sie wissen, dass ich Zeit für mich brauche und viel für die Schule lernen muss. Ich sehe sie auch nicht laufend. Manchmal spüre ich bloß ihre Anwesenheit. Wenn ich dann sage, ich möchte jetzt meine Ruhe haben, gehen sie wieder."

„Das ist wirklich spannend."

„Ich finde es spannend, Visionen zu haben. Seit wann hast du sie?", frage ich wissbegierig.

„Da geht es mir wie dir. Seit einer Ewigkeit, denke ich. Einmal hatte mein Vater einen Unfall mit dem Auto. Zur gleichen Zeit war ich zu Hause und sah es vor meinem inneren Auge, kurz bevor es geschah. Ich wollte ihn anrufen, ihm sagen, er solle eine andere Strecke nehmen. Aber da war es bereits passiert. Zum Glück gab es nur Blechschäden."

Florian rückt mir näher und sein Bein berührt meines. Mein Herz trommelt in meinem Brustkorb herum als wäre es ein Schlagzeug. Wenn ich mit dem Fuß im Takt wackeln würde, bekäme ich wohl einen Krampf. Das Tempo nähert sich der Schallgeschwindigkeit.

„Kommen die Visionen auch manchmal früher?", höre ich nicht auf zu fragen.

„Ja, das kommt vor."

Sein Arm wandert hinter mich auf die Sofalehne.

„Könntest du es auch wissen, wenn mir was passieren würde?", werde ich konkreter.

„Warum fragst du so etwas?", wundert sich Florian und hebt mein Kinn mit seinem Zeigefinger an, um mein Gesicht zu mustern.

„Nur so", tue ich, als wäre meine Frage harmlos. Dabei bereitet mir das Thema chronische Kopfschmerzen.

„Du hast Angst vor irgendwas, richtig?"

Sein Bein umschlingt meines. Welches gehört mir?

„Nein", lüge ich.

„Du weißt, dass meine Menschenkenntnisse über das Normalmaß hinaus ausgeprägt sind. Du kannst mir nichts vormachen", erinnert er mich.

Sein Arm auf der Sofalehne rutscht herunter und schmiegt sich auf meine Schultern.

„Das hast du mir erzählt. Aber das kann auch bloß eine Behauptung sein", erwidere ich feixend und spüre, wie seine Hand meinen Oberarm streichelt. Die andere greift nach meinen Fingern.

„Unterschätze mich nicht, Lina, ich bin nicht dumm. Deine Nachdenklichkeit ist nicht zu übersehen und dich beschäftigt etwas, dass dir keine Ruhe lässt."

Jetzt zieht er mich so nah an seinen Oberkörper, dass ich zu schwitzen beginne. Oder ist es meine Aufregung, die die Hitze in mir ausbreitet? Wenn er nicht sofort aufhört, mich Stück für Stück einzuverleiben, weiß ich nicht, was ich tue.

„Stimmt nicht", hauche ich ihm meinen Widerspruch entgegen. Zu mehr Worten bin ich nicht mehr in der Lage. Ich glaube, ich verliere gleich mein Bewusstsein. Mir wird schwindelig.

Sein Kopf nähert sich meinem und ich verkrampfe mich. Hilfe, was geht hier ab?

„Ich merke, dass du mich beschwindelst. Los, sag mir, was dir durch den Kopf geht", flüstert er und lässt seine Lippen meinen gefährlich nahe kommen.

„Nein", stöhne ich. Oh Gott, er will mich küssen!

„Sag's mir", nuschelt er und bleibt in seiner Position eingefroren. Abwartend sieht er mich an, doch ich zweifle daran, dass es eine gute Idee wäre, von meinen Sorgen um die Todeskarte zu berichten. Zumal ich sie auch noch im Zusammenhang mit ihm gezogen habe. Wie soll ich das erklären? Er wird mich für naiv halten, was ich ihm nicht mal verübeln könnte. Jedoch kann ich die Tarot-Karte nicht als bloßen Zufall abtun. Nicht nur, dass ich sie mehrmals gezogen habe, sie ist eine Botschaft, so wie jede Karte, die man in diesem Spiel zieht. Wenn einen Hinweise aus dem Jenseits ängstigen, sollte man Tarot nicht benutzen. Bisher war es auch immer harmlos. Ich kann mich nicht erinnern, jemals so ein flaues Gefühl im Magen gehabt zu haben bei einer Karte. Diesmal allerdings ist alles anders und ich habe keine Erklärung dafür.

„Was muss ich tun, damit du mir deine Gedanken verrätst?", fragt er und sieht mich vertrauensvoll an. „Ich möchte alles von dir wissen, dich so gut kennen wie mich selbst."

„Oh, das könnte schwierig werden", amüsiere ich mich. „Da ich mich selbst nicht mal richtig kenne, glaube ich kaum, dass du mehr erfahren wirst."

Wir lachen vergnügt. Endlich lockern wir auf.

„Du willst mich wohl veräppeln", witzelt er und beginnt mich zu kitzeln. Ich schreie laut auf, denn ich halte seine Stiche in die Seite kaum aus.

„Hör auf", winsle ich. „Ich kann nicht mehr!"

„Erst wenn du ehrlich zu mir bist."

Erbarmungslos macht er weiter, solange, bis wir gemeinsam auf die Sitzfläche sinken und verknotet nebeneinanderliegen. Allmählich beginne ich, die Lage zu erfassen. Seine Arme hat er um meinen Oberkörper geschlungen und sein rechtes Bein liegt auf mir. Das hat er ja schön hinbekommen. Diese Verbindung ist kaum lösbar und ich fühle mich eingeschnürt wie eine Mumie. Unser Kampf gerät ins Stocken und wir halten inne. Außer Atem schauen wir uns schweigend in die Augen und mustern das Gesicht des anderen. Zum Glück will er nicht mehr wissen, worüber ich ununterbrochen nachdenken muss. Ich stand kurz davor, die Wahrheit zu sagen, und am Ende hätte ich es bereut.

„Deine Augen leuchten noch grüner bei diesem Licht", stellt er fest. „Das sieht toll aus."

„Danke", sage ich. „Trotzdem haben meine Augen auch bei anderen Lichtverhältnissen eine grüne Farbe. Doch das sind Details, die dem männlichen Geschlecht ohnehin gleichgültig sind."

„Hey", stößt er mir gegen den Oberarm. „Was hast du für eine Meinung von mir? Deine Augenfarbe ist mir nicht erst heute aufgefallen."

Ich lege einen zweifelnden Blick auf.

„Ach ja? Da wärst du der Erste, dem das wirklich auffällt."

„Sehr gut! Ich bin gern der Erste für dich."

„So? Bist du aber nicht", behaupte ich. Auf keinen Fall möchte ich als jungfräulich gelten. Erst recht nicht, nachdem ich von Ronja weiß, dass sie mit Max aufs Ganze gegangen ist. Da bin ich quasi ein Spätzünder.

Florian zieht eine Augenbraue hoch und gibt mir das Gefühl, mir nicht zu glauben. Ich kann es nicht ausstehen, wenn man meine Worte infrage stellt. In der Regel sage ich stets die Wahrheit. Dass ich diese gerade dezent gebeugt habe, kann Florian schließlich nicht wissen. Oder doch?

Zum Glück kommentiert er meine Aussage nicht weiter, stattdessen drückt er sich weiter an mich heran. Will er mich jetzt prüfen? Seine Lippen legen sich sanft auf meinen Mund. Ich atme tief ein und stehe kurz vor der Ohnmacht. Seine rechte Hand legt sich auf meinen Po und zieht mich an sich, so weit, dass ich seinen Unterleib an mir spüre. Ich stehe kurz vor einer Panikattacke, weil ich nicht weiß, was hier abgeht. Will er mich jetzt verführen, weil ich mich zu weit aus dem Fenster gelehnt habe – betont habe, ich sei erfahren? Wie komme ich aus der Nummer wieder raus? Unsere Lippen ruhen aufeinander, aber ich erwidere seinen Kuss nicht. Ich möchte ja, bloß nicht so. Das habe ich mir anders vorgestellt, irgendwie weniger überrumpelnd. Plötzlich stoppt er sein Vorgehen und starrt mich an.

„Da habe ich die ach so routinierte Lina anscheinend überrascht", spottet er und lässt durchblicken, dass er mich durchschaut hat.

Ich sage nichts und fühle mich ertappt. Jetzt bin ich wohl nicht mehr interessant für ihn als unberührte Unschuld. Er streicht mir über die Wange und lächelt nachsichtig.

„Ich werde nichts tun, was du nicht auch willst, Lina. Entspann dich also bitte wieder."

Ich atme tief durch und bin froh über seine Worte. Beinahe wäre alles aus dem Ruder gelaufen, und nur deshalb, weil ich meinen vorlauten Mund nicht halten konnte. Er greift nach einer Haarlocke, die auf meinem Arm ruht und spielt damit. Ich beobachte ihn dabei und frage mich, was er nun über mich denkt.

„Zwischen uns liegen ein paar Jahre Altersunterschied, Lina. Ist dir das bewusst?", teilt er mir seine Gedanken mit.

„Schon", antworte ich kleinmütig. „Worauf willst du hinaus?"

„Darauf, dass du und ich nicht voreilig handeln sollten."

Ich schweige.

„Findest du nicht auch?", hakt er nach, als würde er gern das Gegenteil von mir hören.

Mit einem Nicken stimme ich ihm bei, obwohl ich lieber den Kopf geschüttelt hätte. Hä? Was will ich eigentlich?

„Wenn ich dich ansehe, vergesse ich alles", verrät er. „Sogar den Kummer um meine Mutter."

„Das freut mich", antworte ich und bin überwältigt von seinen Worten. Dann hat ihn meine kleine Lüge eben also nicht abgeschreckt. Ich bin erleichtert, denn er ist mir wichtig. Inzwischen bin ich süchtig nach seiner Nähe. Habe ich je so empfunden? Nein, nie! „Es ist bestimmt alles sehr schwer für dich", füge ich noch an.

„Ja", gibt er mir Recht. „Ich möchte meine Mutter nicht auch noch verlieren, aber jetzt weiß ich, dass es meinen Eltern gut gehen wird. Richtig?"

„Florian, es geht uns allen gut, wenn wir mal gehen, das kann ich dir versichern."

„Das ist schön", erwidert er mit einem zärtlichen Blick. „Lina, du bist ein tolles Mädchen, eine faszinierende Frau. Du bist viel weiter als die anderen in deinem Alter und manchmal übersehe ich, dass du erst siebzehn bist."

„Bald achtzehn", kläre ich ihn auf. „Und du musst nicht andauernd so hervorheben, dass du älter bist. Das spielt für mich keine Rolle."

Langsam verärgert mich seine Überheblichkeit.

„Das sollte es aber", lässt er verlauten. „Ich bin dir ein paar Schritte voraus und dir wird klar sein, was ich damit meine."

Er sieht mich herausfordernd an.

„Ja, das ist mir klar!", erhöhe ich den Ton meiner Stimme und richte mich auf. Er tut

das Gleiche, setzt sich aber dicht neben mich
„Und? Warum ist das wichtig?"

Nun möchte ich gern aufstehen und gehen, weil mir dieses Gespräch zu blöd ist. Jedoch wüsste ich nicht, wie ich hier wegkommen sollte. Immerhin bin ich ohne Geld unterwegs. Außerdem interessiert mich Florians Antwort. So viel Zeit muss sein.

„Lina, ich möchte mit dir zusammen sein", antwortet er überzeugt. „Das habe ich dir bereits klar gemacht. Glaubst du denn, ich möchte nicht weitergehen – irgendwann?"

So, jetzt hat er geschafft! Meine Wangen werden tiefrot! Muss er so deutlich zum Thema kommen? Wir haben uns ja nicht mal richtig geküsst. Ich senke meinen Blick, um mein Tomatengesicht zu verbergen. Meine Haare fallen nach vorn und geben einen weiteren Sichtschutz.

„Na bitte", redet er weiter. „Jetzt habe ich dich auch noch verlegen gemacht. Kaum spreche ich diese Sache an, verkriechst du dich in dein Schneckenhäuschen."

Wut überkommt mich – mehr als ich zulassen will. Wie soll man sich auch gegen die Übermacht von Stresshormonen wehren? Die überschwemmen nämlich gerade meinen

Körper und lassen mich zu einem Bluthund mutieren, wenn ich nicht aufpasse.

„Findest du es nicht ein bisschen verfrüht, so direkt zu werden?", koche ich über wie ein Kessel Suppe. „Heute ist gerade unser zweites Treffen und über einen angedeuteten Kuss sind wir nicht hinausgekommen. Auch sind wir noch in der Kennenlernphase und im Grunde weiß ich nichts über dich. Keine Ahnung, wie du es sonst so hältst mit den Mädels, aber wenn du glaubst, ich bettle dich an, mit mir zu schlafen, bist du schief gewickelt!"

Bitte schön, nun hab ich das Thema mehr als deutlich angesprochen und mir erspart, um den heißen Brei zu reden. Er will Nägel mit Köpfen machen? Sehr gern! Ich werde vom Acker reiten, bevor ich was sage, was ich später bereue. Eigentlich bin ich ein friedliebender Mensch und nicht darauf programmiert, mich mit anderen zu streiten. Doch im Moment bin ich in der Stimmung, Kleinholz aus diesem Zimmer zu machen. Darum ist es nur vernünftig, so schnell wie möglich aufzubrechen. Ich schieße hoch wie eine Ladung Sprengstoff, aber Florian hält mich an der Hand fest, als ich davonhechten will.

„Herrgott noch mal, Lina, so hab ich es nicht gemeint!", erklärt er und steht vom Sofa auf. Meine Hand lässt er nicht mehr los. Wahrscheinlich fürchtet er, ich könnte schneller laufen als er. „Bitte setz dich wieder. Ich möchte nicht, dass du gehst."

Ich überlege und kratze mich am Kopf. Gut, ich könnte ja noch einen Augenblick bleiben und mir seine Ausflüchte anhören. Aber danach dampfe ich ab – falls er sein übertriebenes Ego nicht in den Griff bekommt. Bloß weil er läppische zwei Jahre älter ist als ich, muss er nicht denken, er würde vor Erfahrungen nur so strotzen. Ich habe ebenso die eine oder andere intime Erfahrung gemacht. Falls heimliches Küssen im Musikzimmer der Schule dazugehört.

„Bitte bleib", erneuert er seine Beteuerung.

Ich nicke und setze mich stumm. Muss noch darüber nachdenken, was das hier für eine schräge Situation ist, bevor ich wieder etwas sagen kann.

„Lina, ich kann nicht versprechen, dass ich mich immer beherrschen kann", verdeutlicht er unverhohlen und hackt weiter auf dem Thema herum.

„Womöglich will ich das ja nicht", haue ich gedankenlos heraus. Dabei habe ich nicht vor, in der kommenden Zeit meine Unschuld zu verlieren. – Oder doch? – Florian ist der Mann meiner Träume. Ich könnte mir nichts Schöneres vorstellen, als diese Sache mit ihm zu erleben.

„Du weißt nicht, was du da redest!", deutet er überheblich an.

„Na wie schön, dass du es weißt", gebe ich gekränkt zurück.

„Ja, das tue ich!", nimmt er den Mund zu voll.

„Merkst du nicht, was du für ein altkluger Blödmann bist?", werfe ich ihm vor. „Wir sollten es besser lassen. Ich kann großmäulige Jungs nicht ausstehen."

Diesmal hindert er mich am Aufstehen und hält mich an den Armen fest.

„So denkst du also über mich? Du findest es falsch, dass ich mich korrekt verhalten möchte?"

„Ich finde es bescheuert, wie überlegen du tust!", zische ich zurück. „Und dann lässt du keine Zeit vergehen und redest über ungelegte Eier. Du lehnst dich so weit aus dem Fenster, dass man annehmen möchte, du seist Don Juan, der bereits ein halbes Jahrhundert mit den Frauen rumvögelt!" Hui, nun vergreife ich mich aber in der Wortwahl. „Vermutlich ist es besser, ich mach erst mal mit anderen Jungs rum, damit ich die gleichen Erfahrungen vorweisen kann wie du."

Florian schüttelt den Kopf und ist sprachlos. Schön, dann kann ich ja jetzt gehen!

„Du wirst mit niemandem rummachen, Lina!", lässt er wieder den Diktator raushängen.

„Das werden wir ja sehen!"

Ich kämpfe mich aus seinem Griff und erhebe mich von der Couch.

„Verflucht noch mal!", schimpft Florian. „Ich kann nicht glauben, was du da redest!"

*Ich auch nicht.*

„Bitte gib mir dein Handy, damit ich mir ein Taxi rufen kann!", fordere ich.

„Nein!", lässt er mich auflaufen.

„Willst du, dass ich den weiten Weg zu Ronja zu Fuß gehe?"

„Ich will, dass du bleibst!"

„Ich aber nicht!", gebe ich mich bockig wie ein Kleinkind.

„Lina, bitte komm wieder runter."

„Dann laufe ich halt", gehe ich nicht auf seine absurde Bemerkung ein und rase aus dem Zimmer. Wie soll ich runterkommen, wenn das Adrenalin jede Zelle in meinem Körper verdrängt hat? Gestatten, mein Name ist Adrenalin. So pur und rein wie meine Unschuld. Ich könnte vor Wut zerspringen.

Darum treffe ich auch unlogische Entscheidungen und stürme aus dem Haus, ohne mich von Kathrin zu verabschieden. Als ich auf die Straße renne, spüre ich die Kälte durch Mark und Bein kriechen. Supi, Lina! Hoffentlich wird es nicht zu deinem Hobby, kopflose Entscheidungen zu treffen. Statt mich zu besinnen, gehe ich weiter, obwohl ich den Weg nicht kenne. Das sollte ich sicherlich irgendwie hinbekommen. Ist doch bloß Berlin, die größte Stadt Deutschlands. Als ich zu einer Hauptstraße komme, sehe ich, wie ein Auto neben mir zum Stehen kommt. Die Beifahrerscheibe wird automatisch heruntergelassen und ich erkenne Florian auf dem Fahrersitz.

„Lina, steig ein. Ich fahre dich."

„Danke, ich laufe lieber", gebe ich unsinnigerweise zurück. Bin ich irre? Ich erfriere, wenn ich nicht gleich ins Warme komme. Seit wann bin ich so stur? – Seit heute. – So will ich aber nicht sein. – Na und, ich schon!

Ich gehe weiter. Grrr …!

Das Auto fährt wieder an und wird mit Schwung in einer Parkbucht vor mir abgestellt. Florian lässt keine Zeit vergehen und jagt aus dem Fahrzeug, um mir entgegenzuspurten. Kaum hat er mich erreicht, reißt er mich in seine Arme.

„Verdammt, Lina, was soll das? Es ist schweinekalt und du läufst in einem dünnen Kleid über dunkle Wege. Willst du, dass dich irgendein Scheißkerl von der Straße wegschnappt?"

Als er mich an seinen warmen Körper drückt, vergesse ich meine Wut und merke, wie durchgefroren ich bin. Ich antworte nicht, aber mein Zittern ist die Antwort auf seine Frage. Er führt mich zum Wagen und ich lasse mich nicht mehr überreden einzusteigen. Ein heißer Tee wäre im Moment genau das Richtige. Als auch Florian im Auto sitzt, startet er den Motor und schaltet die Heizung auf Anschlag. Doch er fährt nicht los und sieht zu mir rüber.

„Willst du immer noch zu Ronja?", fragt er bedrückt.

„Hör zu, Flo", beginne ich und suche seinen Blick. „Unser Streit war dumm, andererseits zeigt er auch, dass wir nicht die gleiche Sprache sprechen. Anscheinend passen wir nicht zusammen."

„Das kannst du nicht wissen", widerspricht er.

„Nein, aber du hast mir heute Abend klargemacht, dass du dich für erwachsener hältst. Vielleicht hast du Recht, ich weiß es nicht. Aber ich möchte mit niemandem zusammen sein, der mir das Gefühl gibt, unreif zu sein."

„Tut mir leid, wenn du es so empfunden hast", lenkt er ein. „Doch so ist es nicht."

„Mag sein, trotzdem fühlt es sich so an."

„Okay", sagt er und fährt aus der Parklücke.

Okay? Was heißt das nun? Ich wundere mich und sehe ihn weiter an. Florian allerdings hat sich entschieden zu schweigen, was mich irritiert. Stumm lenkt er den Wagen Richtung Innenstadt und scheint mich tatsächlich bei Ronja absetzen zu wollen. Na also, das hab ich schließlich gewollt. Ist doch prima gelaufen. Und warum gefällt mir das jetzt nicht? Wirklich großartig, ich weiß ja selber nicht, was ich will. Wie soll ich dann wissen, was ich will? Ich bin komplett verwirrt.

Ich sollte mir erst mal in Ruhe die Hörner abstoßen und mein Klosterdasein beenden. Bestimmt kann ich dann zu mir selber finden. Meine Eltern sind schuld, jawohl! Sie haben aus mir eine Nonne gemacht. Die meisten in meiner Klasse haben ihren Keuschheitsgürtel längst abgelegt. Nur Lina hinkt hinterher. Auf Ronjas Party werde ich mir einen Jungen schnappen und wild rumknutschen. Das hätte ich mit Florian tun sollen, aber der hält sich ja für einen Heiligen und wollte sich zurückhalten. Selbst schuld!

# 8

Vor Ronjas Zuhause hält Florian in zweiter Reihe.

„Wir sind da!", bemerkt er kurz und knapp. Einen besseren Rausschmeißer hätte er sich nicht überlegen können. Der lädt ja förmlich dazu ein, einfach auszusteigen und die Beifahrertür zuzuschmeißen. Aber ich möchte nicht, dass wir so auseinandergehen und wende mich ihm zu.

„Danke, dass du mich zurückgefahren hast", sage ich und lege ein zartes Lächeln auf.

Florian entgegnet nichts, sieht bloß auf die Straße.

„Möchtest du nicht was sagen?", frage ich traurig.

„Es scheint alles gesagt zu sein", gibt er sich verschlossen.

Ich senke meinen Blick und überlege. So sollten wir uns nicht trennen, doch wie kann ich ihn zum Reden bewegen? Offenbar muss ich akzeptieren, dass es so enden wird.

„Findest du?", versuche ich es ein letztes Mal.

„Geh einfach, Lina!", verlangt er in kaltem Ton von mir. Ich fahre zusammen, als ich seine eisigen Worte vernehme. Der Kampf ist verloren, wir werden niemals ein Paar sein. Jeder Traum ist irgendwann mal vorbei. Meiner eben verfrüht.

„Mach's gut", sage ich abschließend und steige aus. Ich drehe mich noch einmal zu ihm um, als ich die Tür zuklappe. Aber er fährt direkt los, ohne mich noch eines Blickes zu würdigen.

Verloren gehe ich die Stufen nach oben, bis ich vor Ronjas Wohnungstür stehe. Die Musik dringt bis ins Treppenhaus. Ein Wunder, falls sich noch kein Nachbar beschwert hat. Ich klingle und Jannes, ein Schüler aus der Parallelklasse öffnet mir.

„Hey, Lina, warst du nicht eben mit den Mädels im Wohnzimmer?", fragt er erstaunt.

„Ich hab lediglich einen kleinen Spaziergang gemacht", sage ich und bin verblüfft, dass mich niemand vermisst hat.

„Ohne Jacke?", fällt ihm der Fehler im Bild auf.

„Wo ist Ronja?", gehe ich nicht auf seine weitere Frage ein und dränge an ihm vorbei.

„Die knutscht mit Max in ihrem Zimmer", gibt er gelangweilt zurück.

„Mit Max?", begreife ich seine Worte nicht. „Nicht mit Hendrik?"

„Keine Ahnung. Ist das wichtig?"

Ich sehe Jannes mit offenem Mund an. Bin ich ein Mauerblümchen und das letzte Jahrhundert ist an mir vorbeigerauscht? Meine Freunde finden es normal, mit jedem rumzumachen. Während ich den Fahrstreifen nie wechsle, sausen sie auf der Überholspur an mir vorbei.

Ich lasse Jannes stehen und gehe in Ronjas Zimmer.

„Besetzt", ruft sie und kringelt sich vor Lachen, als sie mich sieht. Sie liegt mit Max schnäbelnd auf dem Bett und ich bin froh, dass sie ihre Klamotten noch anhaben.

„Wer stört uns hier?", stöhnt Max genervt und dreht sich herum.

„Sorry, weitermachen!", sage ich nur und schließe sachte die Tür. Wow, Ronja lässt aber auch nix anbrennen. Warum sie sich allerdings wieder für Max und nicht für Hendrik entschieden hat, leuchtet mir gerade nicht ein. Egal. Jedenfalls ist sie gut beschäftigt und konnte nicht bemerken, dass mich Florian stundenlang gekidnappt hat. Tolle Freundin!

Ich gehe ins Wohnzimmer, wo einige engumschlungen tanzen und nehme mir einen Schluck Bowle, die auf dem Tisch steht. Jetzt brauche ich erst mal eine kleine Erfrischung. Hier ist es mir zu hot. Der einzige Junge, der ohne weibliche Begleitung im Flur steht, ist Jannes. Also leere ich das Glas in einem Zug, stelle es zurück auf den Tisch und schnappe ihn mir. Gewaltvoll ziehe ich ihn ins Wohnzimmer zu der Musik und lege meine Hände um seinen Hals.

„Hast du Lust zu tanzen?", frage ich, obwohl ich die Entscheidung für ihn längst getroffen habe.

„Äh …", kann er noch sagen, bevor ich mich eng an ihn schmiege und mich im Takt der langsamen Musik bewege. Er passt sich mir an und legt seine Arme um mich herum. Ich linse zu den anderen und sehe kein einziges Pärchen, das nicht mit Schmusen oder Knutschen beschäftigt ist. Das kann ich unmöglich so stehen lassen. Soll ich etwa die Einzige sein, die heute ungeküsst bleibt?

„Jannes", spreche ich meinen Tanzpartner an. „Wie findest du mich eigentlich?"

Ich weiß, dass diese Frage sehr aufdringlich ist, dennoch möchte ich keine Zeit verlieren und den anderen in nichts nachstehen.

„Ööhh … ja, super, denke ich“, ist seine durchaus akzeptable Antwort. Zwar hätte ich gern etwas Leidenschaftlicheres gehört, aber das muss fürs Erste reichen.

„Und worauf wartest du noch?“, animiere ich ihn, endlich mehr Initiative zu zeigen.

„Bist du sicher?“, gibt er sich zaghaft. Herrgott noch mal, was muss ich denn noch tun, damit er mir endlich die Zunge in den Hals steckt?

Ich strecke mich ihm entgegen und ziehe mit meiner Hand seinen Kopf nach unten. Warum muss der Kerl auch so groß sein? Als sich unsere Münder gefunden haben, reißen uns zwei Arme auseinander.

„Verflucht noch mal, was soll der Mist, Lina?“, schreit mir Florian ins Gesicht. Er zieht mich von Jannes weg in den Flur. Ich will noch etwas zu meinem Beinaheknutschpartner sagen, aber Florian lässt mir keine Chance.

„Was machst du denn hier?“, frage ich blöd.

„Dich hier rausholen. Und offenbar ist das bitter nötig.“

„Wieso? Ich hab mich köstlich amüsiert“, gebe ich trotzig von mir.

„Wohl kaum“, schäumt er vor Wut. „Du hast dich wahllos jemandem an den Hals geworfen. Mehr nicht. Von Amüsieren kann hier nicht die Rede sein."

„Woher willst du das wissen? Ach warte, du bist ja der Klugscheißer vom Dienst", schlage ich zurück.

Florian atmet tief durch und erwidert nichts, um unserem verbalen Schlagabtausch keine weitere Nahrung zu liefern. Ich muss zugeben, dass ist sehr erwachsen von ihm. Darauf hätte ich auch kommen können. Bin ich aber nicht. Heißt das jetzt, dass ich unreif bin? – Nein, das heißt, dass du die Oberhand behalten hast. Und jetzt lass ihn stehen und knutsche mit Jannes rum! – Geht nicht, Flo zerdrückt mir die Hand. Entwischen funktioniert nicht.

„Wo ist deine Freundin?", will er unerwartet wissen.

„Sie tut das, was hier jeder tut: rumknutschen!"

„Wo?"

Ich zeige mit dem Finger auf die richtige Tür. Florian lässt meine Hand los und geht in Ronjas Zimmer. Ich stehe da, wie bestellt und nicht abgeholt. Dann kann ich ja zurück zu Jannes gehen, entscheide ich und mache eine Kehrtwende ins Wohnzimmer. Jannes ist verschwunden, also schenke ich mir ein neues Glas Bowle ein.

Auf einmal stürmt Florian ins Wohnzimmer und stellt die Musik aus.

„So, es ist halbzwölf, die Feier ist vorbei!", bestimmt er einfach so und tut, als wäre er der Herbergsvater. Ich verschlucke mich fast an der Bowle, kann nur mit Mühe das Getränk im Mund behalten. Welche Pille hat er denn genommen? Kann ich die auch haben?

Ein Raunen und Gestöhne geht durch die Wohnung. Schwerfällig erheben sich einige vom Sofa, andere sehen sich doof an und verstehen nicht, was los ist. Ich übrigens auch nicht. Trägt er ein Sheriff-Abzeichen auf der Brust? Was erlaubt sich Florian hier? Oder hat er das gerade mit Ronja abgesprochen? Ich flitze in ihr Zimmer und störe sie ein zweites Mal beim Rummachen. Unwillig blickt sie auf.

„Ist dir klar, dass Flo gerade deine Party sprengt?", mache ich ihr klar.

„Ja, ich weiß", sagt sie gelangweilt. „Könntest du jetzt bitte die Tür von außen schließen?"

„Hä? Wieso ist dir das egal?", kann ich dem Ganzen nicht folgen.

„Süße, er hatte überzeugende Argumente. Außerdem ist es wirklich schon spät."

Sie winkt mich heraus, macht klar, dass sie nicht vorhat, mehr zu sagen. Ich trete in den Flur und lasse die Tür zufallen. Diese Situation ist mir zu hoch. Ronja scheint alles egal zu sein, Hauptsache, sie kann mit Max in Ruhe auf Tuchfühlung gehen. Wahrscheinlich brauchte Florian nicht viel, um sie dazu zu überreden, die Feier aufzulösen. Aber welche Gründe er verfolgt, möchte ich doch zu gern wissen. Letztlich geht es ihn einen feuchten Kehricht an, was Ronja hier veranstaltet.

Ich beobachte, wie die Gäste nacheinander die Wohnung verlassen. Florian schließt die Wohnungstür, als der letzte hindurch ist. So, mein Lieber, jetzt bist du fällig! Ich will auf der Stelle wissen, was los ist!

„Verrätst du mir auch, was dieser Auftritt soll?", frage ich ihn schnippisch.

„Es ist besser so, glaube mir", will er mich mit diesen Worten abspeisen.

„Das musst du mir schon genauer erklären."

Ich stelle mich im Flur direkt vor ihm auf und verschränke meine Arme.

„Das muss ich nicht", gibt er tatsächlich von sich.

Spinnt der? Das lass ich mir nicht bieten! Schließlich geht es um Ronjas Party. Da hab ich ja wohl das Recht … Oder etwa nicht? Gut, es ist nicht mein Fest gewesen, insofern bin ich lediglich bedingt informationsberechtigt. Doch immerhin bin ich Gast und dazu noch ihre beste Freundin.

Ich stehe mit offenem Mund und noch weiter geöffneten Augen dumm da und suche nach Argumenten. Bloß hat mir seine Dreistigkeit gerade die Sprache verschlagen.

„Lina, es war nur zu deinem Wohl, glaube mir.“

„Und das alles, weil ich mit Jannes getanzt habe?“

„Du wolltest ihn küssen.“

„Ist ja auch egal. Das kann doch kein Grund sein, alle Leute nach Hause zu schicken.“

„Das war auch nicht der Grund“, sagt er und lässt mich hoffen, ich würde jetzt mehr von ihm erfahren. „Dein Techtelmechtel mit Jannes habe ich allerdings ebenso verhindern wollen“, lässt er durchblicken und geht ins Wohnzimmer, um mit dem Aufräumen zu beginnen. Er schnappt sich gebrauchte Pappteller und will sie in einen der Müllbeutel füllen, die Ronja und ich vor der Party überall an die Türklinken gehängt haben.

„Nun hör mal auf damit!“, blaffe ich ihn an. Ich entreiße ihm die Teller und werfe sie selbst in die Tüte. „Du redest blödes Zeug! Ich habe dich abfahren sehen. Also konntest du nicht wissen, dass Jannes und ich zarte Bande geknüpft haben.“

„Zarte Bande?“, hebt er seine Stimme an. „Du hast ihn fast aufgefressen!“

„Ich würde mich freuen, wenn du beim Thema bleiben würdest“, lasse ich mich nicht von ihm provozieren.

„Hör zu, Lina, fakt ist, du hast dich an ihn rangeschmissen und ich konnte gerade noch verhindern, dass du es später bereust.“

„Ich bereue viel mehr, dass ich dich zu nahe an mich rangelassen habe. Du bist schlimmer als meine Eltern. Alles weißt du besser und …“

„Herrgott noch mal, ich weiß es auch besser!“, brüllt er mich plötzlich an. Oha, was geht denn nun ab? „Glaubst du ernsthaft, das hier war ein Spaß für mich? Ich habe diese Scheißfeier nicht aufgelöst, weil mir gerade danach war …!“

„Nein, du wolltest nur verhindern, dass mich Jannes küsst“, unterbreche ich ihn.

„Ich wollte verhindern, dass dir etwas passiert!“, schreit er einfach weiter und sorgt dafür, dass sich seine Worte noch dramatischer anhören, als sie ohnehin schon klingen.

„Was soll mir denn passieren?", gebe ich unbeeindruckt von mir. „Dass ich endlich mal einen Jungen finde, der wirklich mit mir rumknutschen will?"

„Ich wusste nicht, dass es dir allein darauf ankommt."

„Und wenn es so wäre? Könnte dir doch egal sein."

„Wenn es so wäre, kannst du das auch von mir haben. Für einen schnellen Fick bin ich gerne zu haben."

„Du bist ein Arschloch!"

Ich stürze aus dem Wohnzimmer hinaus und laufe ins Arbeitszimmer der Eltern. Mit Schwung knalle ich die Tür zu und lasse mich auf die kleine Couch fallen, die hinter dem Schreibtisch steht. Wütend drücke ich, auf dem Bauch liegend, mein Gesicht ins Kissen und lasse den Tränen freien Lauf. Ich hasse ihn! Er soll mich bloß in Ruhe lassen!

Eine Weile weine ich vor mich hin, bis die Tränen versiegt sind. Ich höre, wie Florian ins Zimmer kommt und sich aufs Sofa setzt. Mit der Hand drängt er mich an der Hüfte etwas zur Seite, um sich zu mir zu legen. Als er sich auf der engen Couch neben mich drapiert hat, streicht er mir über den Kopf.

„Lina, es tut mir leid", flüstert er mir zu und versucht, mich herumzudrehen. Ich gebe nach und drehe mich auf die Seite. Jetzt können wir uns direkt ins Gesicht sehen und ich erkenne, dass er feuchte Augen hat. Ihm muss unser Streit genauso an die Nieren gegangen sein wie mir. Ich bin überwältigt davon, dass ein weicher Kern in ihm ruht, den er bis eben mit Erfolg vor mir versteckt gehalten hat. „Ich wollte nicht so mit dir reden", sagt er nun und streicht mir durchs Gesicht. „Diese ganze Sache hat mich fertig gemacht."

„Welche Sache? Meinst du unseren Streit?"

„Ja, auch. Vor allem aber die Vision, die ich vorhin im Auto hatte, als du ausgestiegen bist."

„Was hast du gesehen?", frage ich erschrocken. „Ging es um mich?"

„Lina, ich wünschte, es wäre nicht um dich gegangen. Aber ja, ich habe gesehen, das dir etwas passieren wird."

Erschrocken richte ich mich auf und denke sofort an die Tarot-Karte. Sie war bereits ein deutliches Zeichen von drüben. Vielleicht ein Hinweis auf meinen bevorstehenden Tod?

„Was hast du gesehen, Flo? Ich muss es wissen."

„Ich weiß es nicht genau. Du bist in einem Pulk von Menschen gestürzt. Max, Hendrik und deine Freundin waren auch dabei. Überall war Blut.“

„Und bin ich gestorben?“, frage ich nervös.

„Was? Nein, Lina, was soll das? Meine Mutter hat dir prophezeit, dass du nicht sterben wirst.“

„Sie könnte sich irren“, sage ich ängstlich.

„Nein, sie irrt sich nicht. Das hat sie nie.“

„Sicher?“

„Bitte hör auf, mir Angst zu machen, Lina. Was auch immer geschehen wird, ich werde es verhindern.“

„Den Autounfall deines Vaters konntest du nicht verhindern.“

„Das war etwas anderes“, behauptet er mit sorgenvollem Blick.

„Warum war das etwas anderes?“, verstehe ich seine Worte nicht.

„Es geht um dich, Lina. Und ich werde nicht zulassen, dass dir etwas geschieht. Niemals!“

# 9

Ich habe mich in Florians Arme gekuschelt und denke nach. Wir liegen auf dem Sofa im Arbeitszimmer und schweigen. Den Schock muss ich erst mal verdauen und auch Flo hängt seinen Gedanken nach. *Überall war Blut!*, klingen seine Worte in mir nach. Wird mich jemand erstechen? Ist unter meinen Schulkameraden etwa ein Mörder? Es könnte aber auch alles ganz harmlos sein und Florian sich irren. Sicher war es kein Blut, was er gesehen hat, sondern eine ausgelaufene Flasche Tomatenketchup. Jetzt muss ich grinsen. Na bitte, ist doch ganz leicht, mir selbst Mut zuzusprechen. Andere benötigen einen Psychologen, ich nur ein paar abwegige Gedanken und schon kann ich wieder lachen.

„Danke", sage ich zu Flo.

„Wofür?", fragt er und wundert sich.

„Dafür, dass du mir das Leben retten wolltest", erkläre ich ihm. „Du hättest auch einfach nach Hause fahren können, so wie du es geplant hattest."

„Ich habe nicht geplant, nach Hause zu fahren, sondern bloß einen Parkplatz gesucht. Glaubst du ernsthaft, ich hätte dich nach unserem Streit einfach so zurückgelassen?"

„Nicht?"

„Nein!" Flo dreht sich zu mir herum. „Lina, du scheinst es nicht zu verstehen. Ich bin in dich verliebt."

„Aber ich hatte dir den Laufpass im Auto gegeben. Ich dachte …"

„Davon weiß ich nichts. Du hast behauptet, wir würden nicht die gleiche Sprache sprechen. Das sehe ich allerdings anders."

„Ach ja?", frage ich gerührt.

Florian lässt seine Arme fester um mich gleiten und zieht mich so eng an sich, dass kein Blatt mehr zwischen uns passt.

„Wir sind aus demselben Holz geschnitzt und passen perfekt zusammen", sagt er grinsend und küsst mich auf die Nase.

„Du lässt dich wohl nicht so schnell beirren", stelle ich fest.

„Ich weiß, was ich will", gibt er zu verstehen und sieht mich mit festem Blick an. „Lass uns doch noch mal darauf zurückkommen, dass du auf der Suche nach einem Jungen warst, der mit dir rumknutscht."

„Wie bitte?", gebe ich mich unwissend.

„Wieder vergessen, was du vorhin gesagt hast?“

„Das habe ich nicht gesagt.“

„Wortwörtlich.“

„Und wenn schon“, tue ich gelassen, obwohl ich gerade Muffensausen bekomme. „Das war so nicht gemeint.“

„Und warum bist du dann Jannes auf die Pelle gerückt?“

„Das bin ich nicht!“

„Oh doch, das bist du.“

Florians Gesicht nähert sich meinem auf impertinente Weise. Zurückweichen kann ich nicht, da seine Hand meinen Hinterkopf umfasst hält. Sein Bein legt sich über mich wie eine Schlingpflanze.

„Komm her“, haucht er mir entgegen und drückt sich gegen mich. Sein Mund berührt meinen so zart wie ein Wattebausch. „Ich geb dir, was du willst.“

Langsam wird der Druck seiner Lippen kräftiger und mit schwerem Atem lässt er seine Zunge gefühlvoll in meinen Mund gleiten. Ich stöhne auf und lasse es geschehen. Mein Gott, alles dreht sich vor meinem inneren Auge. Ich folge den kreisenden Bewegungen, genieße den Tanz unserer Zungen. Wir küssen uns! Ist das zu fassen? Als er tiefer in meinen Mund eindringt und mich fester in die Mangel nimmt, stehe ich kurz vorm Kreislaufkollaps. So einen Kuss habe ich noch nie erlebt. Sein Atem wird stärker, meiner immer schneller. Mein Herz pumpt das Blut mit unglaublicher Geschwindigkeit durch die Venen. Ein EKG-Gerät würde explodieren. Als ich merke, wie mir schwarz vor Augen wird, drücke ich Florian von mir weg.

„Warte", sage ich erschöpft.

Nur ungern lässt er sich stoppen, bleibt in seiner Haltung eingefroren.

„Alles okay?", fragt er besorgt, zu weit gegangen zu sein.

„Ja. Nein, mir ist schwindelig."

„Soll ich das Fenster öffnen?", bietet er an.

„Es geht wieder. Danke."

Plötzlich grinst er verschmitzt und mir schwant, was ihm durch den Kopf geht.

„Der Kuss muss ja umwerfend für dich gewesen sein", haut er raus, was ich befürchtet habe.

„Kannst du dir deine blöden Bemerkungen bitte ersparen?", verlange ich gereizt.

„Natürlich", rudert er zurück.

„Ich glaube, ich habe heute nicht genug gegessen", fällt mir ein und ich bin froh, eine Erklärung für meinen Zustand gefunden zu haben. Wäre auch zu albern, wenn Florian solche körperlichen Reaktionen bei mir auslösen würde. Dann könnte ich ihn nie wieder küssen. Und das wäre eine Katastrophe, denn ab jetzt möchte ich nichts anderes mehr.

„Wir könnten in die Küche gehen und uns an den Resten des Büffets erlaben", schlägt Flo vor.

„Ja, das sollten wir dringend tun, sonst fresse ich dich noch auf", gebe ich zu bedenken.

Er lacht und küsst mich auf den Mund.

„Ich hätte nichts dagegen einzuwenden."

„Pass auf, was du sagst", warne ich ihn. „Ich fange mit deinen besten Stücken an." *Hab ich das gerade gesagt?*

„Hm, das klingt vielversprechend", gibt er sich voller Vorfreude. Er drängt wieder näher an mich ran und lässt seine Hand über meinen Rücken wandern. Ich bin ja wahnsinnig. Ich wollte ihn nicht animieren weiterzugehen. Eigentlich war das nur ein Scherz.

„Flo, ich habe Hunger", erinnere ich ihn an meine menschlichen Bedürfnisse.

„Ja, nimm dir einen Happen", sagt er beschwingt und will mich erneut küssen. Doch ich kugle mich zusammen wie ein Igel.

„Kannst du das bitte lassen?", frage ich ihn ansatzweise gestresst.

„Erst, wenn du zugibst, dass du mich willst."

„Was soll ich?", bin ich empört von seinen Worten.

„Sag es einfach, Lina. Du bist scharf auf mich."

„Nein, bin ich nicht. Können wir jetzt was essen?"

„Warum gibst du dich so zugeknöpft?", will er wissen. „Ich merke doch, wie du in meinen Armen zu Gummi wirst. Oder glaubst du, Jannes hätte das Gleiche bei dir bewirkt?"

„Jannes ist jedenfalls nicht so ein eingebildeter Aufschneider wie du."

Was ist auf einmal los mit Florian? Eben noch dachte ich, er wäre ein netter Kerl. Ständig diese Wandelungen. Hab ich was übersehen?

„Er ist ein Weichei", gibt er seine Meinung eine Spur zu hart preis.

„Bist du etwa eifersüchtig?", komme ich langsam hinter des Rätsels Lösung.

„Auf den? Quatsch!"

„Doch, das bist du", bin ich endlich im Bilde. Florian lässt mich los und dreht sich von mir weg. Bitte schön, das ist Antwort genug. „Ich will nichts von Jannes", versuche ich Flo klarzumachen.

„Nur rumknutschen", erwidert er bedrückt.

„Du weißt, dass es so nicht ist."

„Nein, woher?", sagt er und dreht sich zu mir zurück. „Ich habe dir meine Gefühle gestanden. Mehrmals. Und du wirfst mich entweder aus dem Haus oder rennst mir davon. Nein, Lina, ich weiß nicht, was das mit Jannes sollte oder was du von mir willst. Ich wünschte, es wäre anders, dann bräuchte ich nicht so einen Stuss zu reden, um dich dazu zu bewegen, mir mitzuteilen, wie es in dir aussieht."

Endlich wird mir einiges klar. Ich halte meine Gefühle zu sehr unter Verschluss. Ja, das ist richtig, aber Florian ist letzten Endes der Womanizer der Schule. Ich will nicht eine seiner Trophäen sein.

„Flo, ganz ehrlich, ich kann nicht so locker wie du in dieser Hinsicht sein. Bei meinen Freunden bist du als Ladykiller verschrien. Du wechselst die Mädels in einem Tempo wie andere ihr Duschgel."

„Ich tue was?", scheint er überrascht zu sein. „Wer behauptet denn so einen Scheiß! Verdammt noch mal, das ist ausgemachter Schwachsinn! Schön, dass du das glaubst."

„Okay, mag ja sein, dass das bloß Gerüchte sind, doch vergiss nicht, wir kennen uns noch nicht lange. Ich kann das nicht beurteilen.“

„Richtig, das kannst du nicht beurteilen. Darum wäre es super gewesen, du hättest mit mir darüber gesprochen.“

Florian begibt sich in die sitzende Position, ich folge ihm und setze mich neben ihn.

„Tut mir leid“, entschuldige ich mich. „Ich mag dich sehr, aber ich kann nicht über meinen Schatten springen. Erst muss ich vertrauen zu dir fassen.“

Mit einem Nicken kommt Flo an mich herangerückt.

„Ich sehe schon, da liegt noch Arbeit vor mir, deine Ängste zu zerstreuen. Aber es kränkt mich, dass du in mir einen Aufreißer vermutest. Glaub mir, Lina, ich sehne mich nach Liebe und nicht nach einem Abenteuer. Kannst du dir nicht vorstellen, dass jemand, der auf dem besten Wege ist, beide Eltern zu verlieren, nach Geborgenheit sucht?“

Er sieht mich sehnsüchtig an und hofft, dass ich seine Lage begreife.

„Doch“, sage ich bloß. Ich bekomme ein schlechtes Gewissen, denn mir ist seine Lage durchaus bewusst. Trotzdem eilt ihm sein Ruf voraus. Solange mein Misstrauen nicht ausgeräumt ist, kann ich ihm meine wahren Gefühle nicht offenbaren.

„Na gut, dann sind wir ja einen Schritt weiter."

# 10

Wir stehen in der Küche und futtern uns durch die Salate. Nun merke ich erst, wie ausgehungert ich war.

„Na, geht es dir besser?", fragt Flo, als ich den letzten Bissen runtergeschluckt habe.

„Ja, der Hunger ist weg, nur meine Gewissensbisse nagen an mir."

„Reden wir nicht mehr drüber, okay?", kommt er mir entgegen. „Ich kenne jetzt deine Beweggründe, warum du dich mir gegenüber verschließt. Solange du die Finger von Jannes lässt, hab ich kein Problem damit."

„Und was mache ich, wenn ich einen Kerl zum Knutschen brauche?", frage ich provokant.

Florian lässt keine Zeit vergehen und schnappt nach mir. Mit einer schnellen Handbewegung hat er mich im Griff.

„Dann kommst du zu mir! Von mir bekommst du alles, was du brauchst", gibt er erhitzt von sich und drängt mich Richtung des Elternschlafzimmers.

„Was heißt alles?", frage ich herausfordernd.

„Zum Teufel noch mal, Lina, alles heißt alles. Willst du es darauf ankommen lassen?"

„Vielleicht ...", gebe ich mich verführerisch.

Dabei will ich ihn bloß testen, möchte sehen, ob er sich daran hält, sich korrekt zu verhalten. Obwohl ein kleiner Teil in mir mehr will und sich ihm hingeben möchte.

Im Gleichschritt gehen wir umarmt durch den Flur. Florian drückt mich über die Schwelle des Schlafzimmers, bis wir vorm Doppelbett zum Stehen kommen.

„Wenn du willst, dass ich mich beherrsche, hör auf, mich so kokett anzusehen", warnt er mich.

Ich höre nicht auf und lächle ihn weiter demonstrativ an.

„Dann zeig mal, wie gut du darin bist, dich zu zügeln", ködere ich ihn. Ich lasse mich aufs Bett fallen und lache vergnügt, als Flo sich über mich wirft. Dabei übersehe ich, dass sein Feuer bereits lodert wie ein Flächenbrand und seine Selbstbeherrschung verebbt. Aufgewühlt zieht er mich vollständig aufs Bett und legt sich zwischen meine Beine. Mein Kleid rutscht nach oben und seine Hände wandern darunter. Augenblicklich arbeiten sie sich von den Oberschenkeln zu meinem Po herauf. Wild drückt er seine Lippen auf meine und schiebt mir seine Zunge fordernd in den Mund. Seine Leidenschaft schwappt auf mich über, obwohl ich nicht weiß, wie mir geschieht. Ich hindere ihn nicht daran, als er mit seiner rechten Hand über meine Hüften zu meinem Bauch gleitet und dabei den Stoff meines Kleides weiter nach oben schiebt. Dabei küsst er mich, als wäre der Teufel hinter ihm her. Ich erwidere seinen Kuss, zugleich bekomme ich Zweifel, dass er es schaffen wird, seine Handlungen rechtzeitig zu stoppen. Auch bin ich mir nicht sicher, ob ich das wirklich will, und das bereitet mir am meisten Sorge. Ich spüre wie er seinen harten Unterleib an meinen drückt und bin mir im Klaren darüber, dass Florian bereit für mich ist. Alles in ihm ist plötzlich darauf eingestellt, mit mir zu schlafen. Dabei wollte er sich doch zurückhalten.

„Lina …", keucht er trunken vor Lust. „Halt mich auf! Ich schaffe es nicht mehr."

Sein Daumen arbeitet sich unter den Bügel meines BHs und streicht über meinen Brustansatz. Verdammt, er heizt mich an wie einen Kachelofen und legt ständig Kohle nach.

„Hör nicht auf", flehe ich Florian an und bin erstaunt über mich selbst.

„Ich muss", japst er nach Luft und öffnet mit einem geschickten Handgriff den Verschluss des BHs. Nun hat seine Hand freie Bahn und bewegt sich langsam zu meiner Brust. Ich fahre zusammen, als er sie erreicht und zärtlich über sie hinwegstreicht.

„Gott, fühlt sich das gut an", sagt er gequält, im Bewusstsein, sich bremsen zu müssen. „Lina, ich höre jetzt auf. Wir müssen das beenden."

Allerdings will ich es nicht einsehen, obwohl mir klar ist, dass wir nicht mal vorgesorgt hätten. Weder ist ein Kondom zur Hand noch nehme ich die Pille.

„Nein", seufze ich. „Ich will es!"

„Ich auch", gibt er mir zu verstehen. „Nur nicht heute. Nicht hier."

Doch er hält nicht inne, gleitet mit seinen Fingern über meine Brustwarzen. Ich stöhne vor Erregung und kann nicht glauben, dies zu erleben. Wenn ich gewusst hätte, wie aufregend Liebesspiele sind, hätte ich nicht so ein keusches Leben geführt. Meine Güte, was habe ich bisher verpasst! Ich ziehe seinen Kopf noch weiter zu mir herunter und küsse ihn berauscht weiter, obwohl er mich bereits gebeten hat, die Vernünftige zu sein. Aber ich will unvernünftig sein, denn mein Körper bebt vor Wollust.

„Lina, du bist ja wahnsinnig", röchelt er, kaum fähig, sich gegen meine Initiative zu wehren. Sein Daumen kreist erbarmungslos über die Spitzen meiner Brüste. Wie soll man da nicht wahnsinnig werden? Unversehens lässt er von mir ab und setzt sich auf. Mit der Hand fährt er sich durch seine dunklen kurzen Haare und atmet tief durch. „Wir hören jetzt auf, Lina, bevor wir es noch bereuen."

Ernüchtert richte auch ich mich auf und komme langsam zu mir. War ich etwa eben bereit, meine Würde zu verlieren? Sex auf einer Party im Elternschlafzimmer der besten Freundin ist doch nicht das, was ich mir für mich vorgestellt habe. Mag sein, dass das Ronja nicht abschreckt, aber ich bin nicht sie. Ich habe immer davon geträumt, dass es zum richtigen Zeitpunkt am richtigen Ort passiert. Flo hat Recht, nicht hier und heute. Schade, dass ich nicht selbst gewusst habe, wann Schluss ist. Dann würde ich mich nun besser fühlen.

„Ich weiß nicht, was in mich gefahren ist", bin ich verstört von der Situation.

„Es ist meine Schuld", nimmt er alles auf sich. „Soweit hätte ich es nicht kommen lassen dürfen. Lina, ich habe dich regelrecht überfallen. Tut mir leid."

Ich nicke bloß und starre durchs dunkle Zimmer.

„Komm her zu mir", sagt er und legt seine Arme um mich herum. „Es ist schon so spät. Wir könnten uns zusammen ins Bett legen und ein bisschen kuscheln. Vielleicht gelingt es uns, noch ein paar Stunden zu schlafen. Okay?"

„Ja, das ist eine gute Idee", nehme ich seinen Vorschlag an und krabble mit ihm zusammen unter die Bettdecke. Ich lege mich auf die Seite und spüre, wie sich Florian von hinten an mich schmiegt und seine Arme um mich herumwickelt.

„Gute Nacht, meine kleine Verführerin", flüstert er und küsst mich aufs Haar. „Du bist meine Traumfrau."

Ich bin glücklich über seine Worte, denn für einen Moment habe ich geglaubt, er würde mich von nun an nicht mehr achten.

„Danke, dass du uns aufgehalten hast", sage ich und schäme mich dafür, dass ich mich so habe gehen lassen.

„Ich kann kaum glauben, dass mir das gelungen ist. Du bist einfach der Hammer!"

# 11

Am nächsten Morgen werden wir von Ronja und Max geweckt, die geschniegelt und gestriegelt ins Zimmer blicken.

„Hey, aufstehen, ihr Schlafmützen, es ist halb elf", sagt Ronja und lehnt sich an den Türrahmen. Max steht neben ihr und hat seinen Arm um ihre Schultern gelegt. Ich schrecke hoch, während Florian lautstark gähnt und sich streckt.

„Wie spät ist es?", frage ich erschrocken. „Ich soll um zwölf zu Hause sein und vorher müssen wir noch aufräumen."

„Alles schon erledigt", sagt Max und grinst wie ein Frosch, der sich gerade zu einem Sonnenkönig verwandelt hat. Sein Stolz, Ronja erobert zu haben, ist ihm anzusehen.

„Wow, wann habt ihr das denn geschafft?", frage ich schläfrig.

„Während ihr in der Löffelchenstellung Bubu gemacht habt", brüstet sich Max.

„Ich werde mal schnell ins Bad gehen", sage ich und springe aus dem Bett. Dabei sehe ich erst, wie zerknautscht mein Kleid aussieht, in dem ich die ganze Nacht geschlafen habe. Ich schlüpfe an Ronja und Max vorbei und fange mir ein hämisches Grinsen von meiner Freundin ein. Das muss ich jetzt wohl aushalten, nachdem sie mich mit Florian zusammen im Bett gesehen hat. Sie denkt sich ihren Teil und ich möchte nicht wissen, was sie sich da zusammenreimt.

Ich gönne mir eine ausgiebige Dusche und fühle mich erfrischt, als ich aus dem Badezimmer trete. Florian sitzt mit Max und Ronja in der Küche und vergreift sich an den Büffetresten. Die drei scheinen bestens gelaunt zu sein und haben zusammen eine Menge Spaß.

„Wenn du willst, kannst du jetzt ins Bad", sage ich und staune darüber, dass Florian frisch wie eine Zimmerpflanze aussieht.

„Ich hab das Gästebad benutzt", klärt er mich auf und streckt seinen Arm nach mir aus. „Komm her, es ist noch genügend vom Essen übrig."

„Danke, aber es ist spät. Meine Eltern erwarten mich zum Mittagessen."

„Na und? Es ist doch noch Zeit", macht er mich darauf aufmerksam, dass es erst elf

Uhr ist. „Ich fahre dich zurück. Setz dich noch einen Augenblick auf meinen Schoß."

Das lasse ich mir nicht zweimal sagen und mache es mir auf Florians warmen Oberschenkeln gemütlich. Er schlingt seine Arme um mich herum und presst mich an seinen Oberkörper.

„Da haben sich ja die zwei Richtigen gefunden", zieht Ronja uns auf und grient bis zu den Ohrläppchen.

„Die *vier* Richtigen", korrigiert Max sie und liebkost ihre Wange.

„Wann kommen deine Eltern?", frage ich meine Freundin besorgt, denn ich weiß, wie unzufrieden sie damit ist, ständig allein zu sein.

„Erst heute Abend", antwortet sie erwartungsgemäß betrübt.

„Aber das ist doch toll!", erkennt Max den Vorteil darin. „Dann haben wir mehr Zeit für uns."

„Ich muss noch für die Schule lernen", erinnert sie ihn an ihre Pflichten. „Wir schreiben morgen eine Mathearbeit."

*Ach ja? Davon weiß ich nichts.* Dennoch halte ich meine Klappe.

„Ich kann dir beim Lernen helfen", bietet Max an. „Durch euren Stoff haben wir uns bereits vor zwei Jahren durchgearbeitet. Das ist ein Kinderspiel für mich."

„Danke, aber ich kann besser allein lernen. Ist ja nicht so, dass mir Mathe nicht liegen würde", erteilt sie ihm eine Abfuhr.

Wow! Das hat gesessen. Sie will ihn loswerden. Warum? Ronja ist ein Mysterium.

„Kein Problem", tut Max verständnisvoll. Dabei ist ihm die Enttäuschung im Gesicht anzusehen.

„Soll ich dich irgendwo absetzen?", fragt Florian seinen Freund.

„Nein, bin selbst mit dem Wagen da", macht er klar und steht auf. „Dann werde ich mal …"

„Ich glaub, ich möchte mich anschließen", sage ich zu Flo und sehe ihn eindringlich an. „Mein Vater war gestern sehr entgegenkommend. Darum möchte ich meine Eltern nicht enttäuschen und pünktlich sein."

„Sicher, lass uns aufbrechen", entgegnet er und gibt mich frei. Als beide Jungs aus der Küche sind, schaue ich vorwurfsvoll zu Ronja.

„Warum bist du so gefühlskalt zu Max? Immerhin habt ihr die ganze Nacht miteinander verbracht."

„Süße, er ist eine Klette. Das halte ich nicht auf Dauer aus."

„Er ist in dich verliebt. Da ist man halt etwas anhänglicher."

„Ja, aber nicht so."

„Wie denn dann?", verstehe ich sie nicht.

„Weiß nicht. Wahrscheinlich bin ich nicht offen für was Festeres. Außerdem habe ich Hendrik noch nicht ausprobiert."

Sie grinst übertrieben, als würde sie Werbung für Zahnpasta machen.

„Du solltest erst mal herausfinden, was du wirklich willst, bevor du irgendjemanden ausprobierst. Sonst brichst du ein Herz nach dem anderen."

„Kollateralschäden kann ich nicht ausschließen", haut sie lässig raus.

„Mensch, Ronja, du bist echt 'n weiblicher Casanova."

„Herzensbrecherin gefällt mir besser. Das klingt gefährlicher."

„Tse, du bist total gaga."

„Endlich erkennt mal jemand meine Vorzüge", lacht sie und geht vor mir aus der Küche.

Auf dem Weg nach Hause können Florian und ich nicht voneinander lassen. Wenn er nicht die Gänge schalten muss, hält er meine Hand oder streichelt meinen Oberschenkel. Das sollte er allerdings lassen, sonst zwinge ich ihn, eine Parklücke zu suchen, damit ich mich auf ihn werfen kann.

„Ich hoffe nicht, dass du irgendwann so mit mir umgehst, wie deine Freundin mit Max", sagt Flo und gibt somit kund, dass ihm durchaus aufgefallen ist, wie gnadenlos Ronja ihr Betthupferl abserviert hat.

„Keine Angst, ich fresse die Männer nicht auf", will ich ihn beruhigen, aber meine Bemerkung sorgt eher für Unmut.

„Wieso Männer? Willst du mich austauschen und andere testen?"

„Nein", antworte ich überzeugt. „Tut mir leid, dass ich den Plural benutzt habe. Ich hab nicht nachgedacht und bloß einen Witz machen wollen."

Wir kommen an unserem Haus an und Flo hält den Wagen vor unserer Auffahrt.

„Das weiß ich doch", lässt er durchblicken. „Ich möchte nur nicht, dass Ronjas Verhalten auf dich abfärbt. Ihr seid schließlich gute Freundinnen."

„Du solltest mir schon genügend Eigenständigkeit und Weitblick zugestehen. Sie mag meine beste Freundin sein, das heißt aber nicht, dass ich ihr Verhalten zu jeder Zeit billige", bin ich verärgert über seine Bemerkung.

„Natürlich, Lina, du hast Recht und ich bin ein Idiot", sagt er überzeugt von meinen Worten. „Vergiss, was ich gesagt habe."

„Nur wenn du mir einen Kuss gibst", fordere ich eine Entschädigung.

„Darüber lässt sich reden", freut er sich und beugt sich zu mir herüber. „Aber einer wird nicht reichen, wenn ich das Wochenende ohne dich überstehen soll."

„Nun mach schon", verlange ich und ziehe seinen Kopf zu mir ran. Entschlossen drücke ich meine Lippen über seine und küsse ihn so stürmisch, dass keine drei Sekunden vergehen und wir in feurige Ekstase verfallen. Eben noch mitten im Gespräch, sind wir plötzlich auf einer Woge der Sinneslust. Florians Hand gleitet mein Bein nach oben und schiebt sich unter den Saum des Kleides. Warte mal, wo befinden wir uns gerade? Vor dem Haus meiner Eltern! Um Himmels willen, wenn sie das sehen, bin ich geliefert! Ich beende meinen Überfall und schiebe Flo von mir weg.

„Wir müssen aufhören. Meine Eltern!", erinnere ich uns beide.

„Wäre das ein Problem für sie?", fragt er beunruhigt.

„Klar! Für welche Eltern ist es kein Problem, wenn ihr einziges Kind auf einmal kein Kind mehr ist?"

„Verstehe", nimmt er sich unwillig zurück. „Dann sollten wir uns besser zurückhalten, hm?"

„Ja, das wäre wohl das Beste – leider."

Florian fährt mir zärtlich mit dem Daumen übers Kinn.

„Wir holen alles nach, versprochen", sagt er mit vieldeutigem Blick.

„Das klingt sehr verheißungsvoll", bin ich begeistert.

„Das soll es auch", haucht er mir entgegen und küsst mich erneut. Ich kann nicht anders und lasse es geschehen, obwohl ich eben noch besorgt wegen meiner Eltern war. Was soll man auch tun, wenn sich die Schmetterlinge im Bauch bis in den ganzen Körper ausbreiten? Ich kann mich gegen diese Übermacht von Glücksgefühlen einfach nicht wehren.

Der Kuss dauert nicht lange, denn auch Flo will kein Risiko eingehen. Vom Küchenfenster aus hätten meine Eltern einen hervorragenden Blick auf uns. Ich hoffe, dass sie nichts bemerken und alles gut geht.

„Gib mir deine Handynummer, damit ich dich den ganzen Sonntag mit Nachrichten zudonnern kann", bittet Florian und zückt sein Smartphone, um mich zu seinen Kontakten hinzuzufügen. Ich sage ihm die Zahlen an und sehe, wie er die Rufnummer gleich anwählt. Mein Telefon gluckst in meiner Jackentasche. Flo setzt eine zufriedene Mimik auf, als wollte er sagen: Nun kannst du mir nicht mehr entkommen. Kurz darauf beendet er die Verbindung.

„Jetzt hast du auch meine Nummer", sagt er lächelnd und streicht mir über die Wange. „Keine Ahnung, wie ich das bis morgen aushalten soll. Und dann werde ich dich wohl lediglich in der Pause sehen können. Denn am Nachmittag habe ich Termine."

„Wir schaffen das schon", sage ich schmunzelnd.

„Ja, vielleicht", gibt er zurück und zwinkert mir zu.

# 12

Kaum habe ich die Tür aufgeschlossen, steht meine Mutter vor mir und stemmt ihre Arme in die Hüften.

„So, mein liebes Kind, dann verrate uns mal, was das da draußen im Auto zu bedeuten hatte!", gibt sie sich streng wie ein Regimentskommandant. Mein Vater kommt aus der Küche dazu, hält sich aber im Hintergrund.

„Wieso? Darf ich mich nicht von einem Jungen nach Hause fahren lassen?", tue ich blöd.

„Glaubst du denn, wir haben Tomaten auf den Augen?", schreit sie heraus. Kann ich bitte das Programm wechseln? Dieses ist mir zu gepfeffert. Wo ist die Fernbedienung?

Ich schweige. Damit fahre ich bei meiner Mutter am besten. Wenn sie sich erst einmal eingeschrien hat, kennt sie kein Halten mehr, egal, was man zur Verteidigung sagt.

„Lina, ich rede mit dir!"

Ich schweige immer noch. Mein Vater übrigens auch. Ist ihm bestimmt zu doof, schließlich habe ich ihm gestern im Wagen klargemacht, dass ich mich auf dem Wege zum Erwachsenwerden befinde.

„Wenn du nichts zu sagen hast, kannst du dich auf eine Taschengeldkürzung einstellen und zwei Wochen Stubenarrest."

„Ist doch vollkommen schnuppe, was ich jetzt sage. Deine ungerechten Bestrafungen setzt du ohnehin durch."

„Drei Wochen", erhöht sie ihr Strafmaß.

„Warum nicht gleich vier? Dann kannst du mich einen Monat lang an die Kette legen!"

„Na schön, vier!", legt sie fest. Ich rolle mit den Augen. „Und nun erzählst du uns, wer der Junge war und ob Ronja ihn auch eingeladen hat."

„Du kennst ihn bereits. Es ist Florian."

„Der junge Mann, der dich Anfang der Woche besucht hat?", sieht sie schockiert aus.

„Ja, genau der."

„Der ist viel zu alt für dich!", ruft sie hysterisch aus. „Ihr habt doch nicht etwa …?

„Was, Mum?", stelle ich mich dumm.

„Ihm ist schon klar, dass du im Gegensatz zu ihm ein Kind bist?", gibt sie sich wie die Obernonne der Klosterleitung.

„Gott, was bist du spießig!", werfe ich ihr vor.

„Lina, so redest du nicht mit deiner Mutter", mischt sich mein Vater ein.

„Aber sie darf so mit mir reden, ja? Nein, Florian und ich haben nicht Punkt, Punkt, Punkt. Man nennt es auch Sex!" Ich gehe zur Treppe. „Übrigens bin ich beinahe achtzehn, falls ihr das vergessen habt. Wenn ihr nicht wollt, dass ich schwanger werde, könntet ihr ja so weitblickend sein und mir die Pille kaufen."

„So nicht, meine Liebe", hält mich meine Mutter auf, als ich mich gerade nach oben davonstehlen möchte. „Du schlägst einen Ton an, der dir nicht zusteht."

„Mum, findest du nicht auch, dass du mit zweierlei Maß misst? Du schreist hier rum wie eine Furie, ohne zuvor in Ruhe mit mir zu reden, erwartest aber von mir, dass ich mich zurücknehme. Euer kleines Mädchen hat sich nichts zuschulden kommen lassen, okay? Wenn du mir das Taschengeld kürzen willst, bitte! Einsperren lasse ich mich aber nicht. Diese Zeiten sind vorbei."

„Oh doch, mein Kind. Wenn ich so verhindern kann, dass du diesen Florian triffst, dann schließe ich dich hier ein. Er ist kein

Umgang für dich. Umgib dich lieber mit Gleichaltrigen."

„Und du meinst, da ist keiner bei, der mit mir schlafen will?" Meine Mutter versteinert augenblicklich. „Versteht bitte, ihr könnt es nicht aufhalten. Ich werde erwachsen." Ich reiße meinen Arm los und nehme die Stufen in langsamen Schritten nach oben. „Ich hab euch lieb, nur so vertreibt ihr mich bloß früher aus dem Haus."

Als ich mein Zimmer erreicht habe, schließe ich die Tür und drehe den Schlüssel herum. Ich habe beschlossen, heute nichts mehr zu essen und kein Wort mit meinen Eltern zu sprechen. Zumindest für die nächste Zeit. Wie lange die dauern wird, lege ich spontan fest. Jetzt bin ich erst mal bedient. Dass sie schwierig sind, wusste ich längst, aber nun scheinen sie auch noch pedantisch zu werden. So etwas braucht kein Teenager. Sie könnten mich an die Hand nehmen und mir dabei helfen, erwachsen zu werden. Stattdessen verhindern sie, dass ich mich in Ruhe entfalten kann, trauen mir nicht zu, überlegte Entscheidungen zu treffen. Florian soll kein guter Umgang für mich sein? Sie kennen ihn doch nicht. Wenn sie wüssten, dass er der Vernünftige von uns beiden war, würden sie anders über ihn denken und ihre Vorurteile für sich behalten.

Ich hole die Tarot-Karten aus dem Schrank und lege eine Patience. Das habe ich lange nicht mehr gemacht. Ronja und ich ziehen für gewöhnlich nur eine Karte und bewerten sie dann. Nun bin ich aber in der Stimmung, mir Zeit dafür zu nehmen. Ich wähle das „Beziehungsspiel", eine Kartenlegung bei der man nach dem Stand einer partnerschaftlichen Verbindung fragt. Man kann sie für Fragen nach einer Liebesbeziehung verwenden oder auch für familiäre Beziehungen. Ich frage nach dem Verhältnis zu meinen Eltern und lege die Karten in die entsprechende Position. Die erste Karte, die umzudrehen ist, steht für die Situation, in der sich die Beziehung befindet. Als ich raufschaue, kommen mir die Tränen. Es ist das Motiv „die Liebenden". Natürlich lieben mich meine Eltern, auch ich liebe sie bedingungslos. Trotzdem ist ihr Verhalten in dieser Angelegenheit falsch. Ich ziehe die zweite Karte, die für die Gedanken meiner Eltern gewertet werden kann. Es ist das Motiv „Vier Schwerter" und zeigt mir, dass sie sich in einem Leerlauf oder einer Zwangspause für die Beziehung zu mir befinden. Tja, mir geht es nicht anders. Für mich selbst decke ich als dritte Karte das Motiv „Der Eremit" auf. Sie steht für die Ruhe und Sammlung vor dem Schritt ins Neue. Man nimmt sich die Zeit, zu sich selbst zu finden, zieht sich zurück und überlegt, was zu tun ist. Hey, das passt ja wie die Faust aufs Auge. Tarot ist selbst für mich immer wieder beeindruckend. Auch wenn ich mir über die andere Welt hinterm Vorhang im Klaren bin, finde ich es ständig faszinierend, dass sie in der Lage ist, uns über solche Kanäle Zeichen und Nachrichten zu senden. Wer bereit ist, sich diesen Zeichen zu öffnen, kann die Sprache von drüben verstehen, auch ohne über die Fähigkeiten zu verfügen, mit Verstorbenen zu sprechen.

Gedankenverloren decke ich die weiteren Karten auf, als es an der Tür klopft.

„Lina", ruft mein Vater leise durch die Tür. „Kann ich reinkommen?"

„Ich möchte ein bisschen allein sein, Paps", sage ich und starre auf die letzte Karte, die für meine Eltern steht. Das Motiv „Der Hierophant" blickt mich vorwurfsvoll an, als wollte er mir sagen: Mach sofort die Tür für deinen Vater auf! Denn dieses Motiv enthüllt, dass meine Eltern mich sehr wertschätzen und mir großes Vertrauen und

Wohlwollen entgegenbringen. Es wäre unfair, meinen Dad nicht zu einem klärenden Gespräch hereinzubitten. Ich besinne mich schnell und erhebe mich, um die Tür aufzuschließen.

„Komm rein, Paps", sage ich und setze mich zurück zu meinen Karten an den Tisch.

„Schön, dass du es dir anders überlegt hast", freut sich mein Vater und setzt sich dazu. „Du legst Karten?"

„Ja", antworte ich einsilbig und starre auf meine letzte Karte: „Ritter der Stäbe". Diese Karte steht erneut für mich selbst und zeigt, dass ich eine hitzige Atmosphäre verbreite, voller Erlebnishunger und Tatendrang. Sie warnt vor Ungeduld und Voreiligkeit. Schitte, ich stolpere gerade über meine eigenen Schwächen und bekomme sie von den Karten mehr als deutlich vor Augen gehalten.

„Du glaubst wirklich daran, nicht wahr?", fragt mein Vater und macht mir wieder mal klar, dass er keine Ahnung hat, was in mir vorgeht und bis heute nicht verstanden hat, dass ich ein Sprachrohr zur anderen Seite bin. Wie soll er das auch verstehen, wenn er die jenseitige Welt anzweifelt?

„Paps, ich glaube nicht daran, ich weiß es. Glaubte ich es nur, würde ich die Tarot-Karten oder meine Verbindung nach drüben in Frage stellen. Das tue ich jedoch nicht. Aber das kannst du nicht verstehen, weil du dich damit nicht beschäftigst. Du klammerst dieses Thema aus deinem Leben aus, weil die Gesellschaft über Menschen die Nase rümpft, die so sind wie ich."

„Ich rümpfe nicht die Nase über dich, Kind. Du und deine Mutter seid für mich das Wertvollste auf dieser Welt." Diese Worte rühren mich und entlocken mir weitere Tränen, die meine Wange entlanggleiten, bevor sie auf die Tischplatte plumpsen. Meine Stimmung wechselt von Kampfmodus auf Harmoniefrequenz. „Vielleicht kann ich nichts mit deinen Tarot-Karten oder dem Pendeln anfangen. Und dass du meinst, mit Verstorbenen zu sprechen, ist manchmal ein bisschen dubios, das gebe ich zu. Doch du bist meine Tochter und ich nehme dich ernst. Wenn du sagst, du kannst ins Jenseits blicken, dann glaube ich es dir. Das tue ich, Kind! Es gibt so vieles zwischen Himmel und Erde, das wir nicht erklären können. Warum sollte meine Lina, auf die ich sehr stolz bin, nicht einen heißen Draht ins Reich der Toten haben?"

„Danke, Paps. Das hast du lieb gesagt."

Mein Vater rückt seinen Stuhl näher zu mir heran und greift nach meinen Händen.

„Lina, meine Mutter war eine Hellseherin", offenbart er mir plötzlich etwas, von dem ich nie gehört habe.

„So?", frage ich ungläubig. „Das hast du niemals erwähnt."

„Weil ich deine Mutter nicht verunsichern wollte. Solche Dinge machen ihr Angst. Als du ihr damals mal erzählt hast, dass du mit ihrer verstorbenen Mutter Kontakt hast, konnte sie nächtelang nicht mehr schlafen. Du hast ihr Dinge gesagt, die nur deine Oma wissen konnte."

„Ich weiß", erinnere ich mich gut daran. „Von da an habe ich mich zurückgehalten."

„Das war auch besser so, glaube mir."

Ich senke meinen Kopf und spüre Traurigkeit in mir aufkommen. Genau deshalb sind meine Mutter und ich uns niemals nähergekommen. Sie wünscht sich ein „normales" Kind, das nicht aus dem Rahmen fällt. Ich dagegen falle immerzu auf, weil ich Schwingungen auspendle und die Menschen darauf anspreche, wenn ein Verstorbener sie kontaktieren möchte. Inzwischen gebe ich mich unauffälliger. Früher allerdings bin ich in dieser Hinsicht in jedes Fettnäpfchen getreten, denn nicht jeder will hören, dass er von einem Geist verfolgt wird.

„Ja, das war es wohl", entgegne ich meinem Vater schwermütig. „Ich bin ein Freak für sie und jetzt weiß ich auch, warum ich das bin. In deiner Familie gab es also auch Menschen, die rüberblicken konnten."

„Lina, du bist kein Freak für uns, wir lieben dich."

„Ich liebe euch auch."

Mein Vater streichelt meine Hände.

„Wir wollen nur das Beste für dich und wir machen uns Gedanken, wenn du nach einer Nacht, die du nicht zu Hause verbracht hast, von einem Jungen zurückgefahren wirst, mit dem du dazu noch innig umarmt im Liebesrausch versinkst. Kannst du das verstehen?", fragt mein Dad beklommen.

„Ja", gebe ich leise zurück. „Trotzdem hättet ihr erst mal fragen können, bevor gleich der Teufel los ist und ihr mit Konsequenzen droht, die ungerechtfertigt sind. Ich habe nichts getan, Paps. Wir haben ein bisschen geküsst, das war alles. Ist das etwa verboten?"

„Ach, Lina, du weißt doch, dass ich dir alles von Herzen gönne. Nur deine Mutter und ich müssen uns erst an den Gedanken gewöhnen, dass du den Kinderschuhen entsprungen bist und nicht mehr unser kleiner Hosenscheißer bist", witzelt er und gibt meine Hände frei. „Schau dich mal um in deinem Zimmer." Er zeigt an die Wände. „Dort hängen Poster von deinen Stars und Idolen, alles sieht noch danach aus, als seist du ein unreifer Teenager."

„Du hast Recht, Paps. Das Zeug muss dringend ab. Ich möchte ein erwachseneres Zimmer haben."

„Alles, was du willst, mein Engel. Hauptsache, du gehst uns nicht zu früh verloren. Sei noch ein bisschen unsere kleine Tochter, die uns braucht und ihre Eltern um Rat fragt."

„Aber so wird es immer sein! Mit fünfzig werde ich weiterhin auf eurer Matte stehen und euch nach eurer Meinung fragen."

„Das ist gut, das freut mich", sagt mein Vater mit feuchten Augen. Ich umarme ihn und lege meinen Kopf auf seine Schulter. Erst jetzt bemerke ich, dass meine Mutter an der Tür steht und alles mitbekommen hat. Auch ihr laufen die Tränen die Wange hinab und sie sieht bekümmert aus.

„Darf ich reinkommen?", fragt sie zaghaft.

Ich nicke und lasse meinen Vater los. Sie holt sich einen Stuhl heran und setzt sich nah zu mir.

„Entschuldige, mein Schatz", sagt sie aus vollem Herzen und zieht mich in ihre Arme. „Ich hab dir keine Möglichkeit gelassen, alles zu erklären." Sie drückt mich fest an sich und ich spüre ihre gesamte Liebe für mich. „Du bist ein tolles Mädchen und ich weiß, dass du verantwortlich handelst. Manchmal vergesse ich das, weil ich nicht möchte, dass du erwachsen wirst. Ich sehe dich noch in der Sandkiste spielen. Mein Gott, wie die Zeit vergeht!"

Mein Vater schnappt nach uns beiden und drückt uns zusammen an seine Brust.

„Was haltet ihr davon, wenn wir deinen neuen Freund am Wochenende zum Essen einladen? Dann können wir uns alle beschnuppern und kennenlernen", schlägt er vor, bevor seine Arme uns wieder freigeben.

„Ich könnte Falschen Hasen machen. Den magst du doch so sehr", stimmt meine Mutter mit ein.

„Das ist eine Superidee", bin ich begeistert und denke an Kathrin. Ich hätte sie gern dabei, aber wahrscheinlich wäre sie zu schwach vorbeizukommen. „Ich bespreche das mit Flo, okay?"

„Mach das, Kind", sagt meine Mutter und reicht mir einen Fünfzigeuroschein. „Kauf dir was Schönes zum Anziehen. Ich weiß, dass man gern schick aussehen möchte, wenn man verliebt ist."

„Danke", bin ich überwältigt. „Und habe ich noch Stubenarrest?"

„Nur wenn du noch mal fragst", warnt mich meine Mutter, das Thema zu beenden.

# 13

In der Nacht bekomme ich Besuch. Meine zweite Großmutter väterlicherseits, mit der ich noch nie Kontakt hatte, die ich auch niemals kennenlernen durfte, weil sie früh starb, sitzt neben mir auf dem Bett. Ich sehe deutlich ihre Silhouette. Fast ist mir ein wenig mulmig zumute, denn so deutlich hat sich mir ein Geist niemals gezeigt. Ich habe das Gefühl, sie berühren zu können und strecke meinen Arm nach ihr aus, als ich mich aufsetze. Doch er fährt ins Leere und meine Hand spürt nichts außer Luft. Ihr Bild verschwindet nicht, leuchtet sogar kraftvoller auf, als hätte ich meiner Oma Energie geschenkt. Sie lächelt liebevoll und nickt mir zu.

„Schön, dass dein Vater es dir endlich gesagt hat", spricht sie zu mir in meinen Gedanken.

„Oma Anni?", frage ich meine Großmutter, die ich bloß von Fotos her kenne.

„Natürlich, mein Mädchen", antwortet sie und zeigt auf die Tarot-Karten, die ich nicht weggeräumt habe. „Sie sagen dir immer die Wahrheit, das weißt du doch, Liebes."

Ich nicke nur und bin wie versteinert. Warum habe ich jetzt Angst davor, mehr zu erfahren, als ich will? Oma Anni war eine Hellseherin, es war ihr Job, anderen ihre Zukunft vorauszusagen. Ist sie deshalb gekommen? Um mir etwas zu prophezeien?

„Schön. Du brauchst dich nicht zu fürchten vor dem, was kommt, Kleines. Wir wissen, dass du dich sorgst, dass dein Freund sich sorgt. Aber alles, was geschieht, was geschehen wird, ist ein Geschenk. Lebe dein Leben unbekümmert, sei du selbst."

„Das versuche ich, Oma. Trotzdem ist etwas anders als sonst. Sogar Flo hatte eine Vision, in der ich vorgekommen bin. Ich werde doch nicht sterben, oder?"

Nun lächelt sie so wohlmeinend, dass mir das Herz aufgeht. Nur eine Antwort erhalte ich auf meine Frage nicht.

„Dein Großvater und ich sind sehr stolz auf dich", gibt sie stattdessen zurück und löst sich langsam auf.

Es ist wieder dunkel im Zimmer und alles so ruhig, als wäre nichts gewesen. Habe ich es lediglich geträumt? Aber nein. Eine

Tarot-Karte fällt vom Tisch. Ich stehe auf, um sie aufzuheben. Es ist die Todeskarte.

Am nächsten Morgen schlürfe ich unausgeschlafen ins Bad. Meine Eltern sind schon zur Arbeit gefahren und haben mich schlafen gelassen, weil die ersten beiden Stunden „Englisch" heute ausfallen. Ich bin erschöpft, weil ich annähernd die ganze Nacht darüber nachgedacht habe, was mich erwartet. Der Tod oder eine andere Überraschung? Es ist zum Mäusemelken, dass ich darauf keine Antwort bekomme. Ich muss abwarten und schauen, was geschehen wird.

In der Deutschstunde kritzle ich Kreuze in mein Heft. Was unser Lehrer da vorne erzählt, geht an mir vorbei. Zuweilen kommen Seelen zu mir, die mich ansprechen, aber ich ignoriere sie, fordere sie in Gedanken auf, mich in Ruhe zu lassen. Immerhin sitze ich gerade in der Schule. Auch wenn meine Konzentration zu wünschen übrig lässt. Trotzdem, sie müssen verstehen, dass sie mich nicht überall stören können.

In der großen Pause stehe ich mit Ronja und den anderen Mädels zusammen. Wir kichern und lachen, unterhalten uns über die Party, die allen viel Spaß gebracht hat – bis zu dem Moment, als Florian sie aufgelöst hat. *Wo ist er eigentlich?*, denke ich noch, als Lilly mich anspricht.

„Kann es sein, dass du dich in Jannes verguckt hast, Lina?", fragt sie und frisst mich mit ihrem Blick beinahe auf. „Du hast dich beim Tanzen ganz schön an ihn rangeschmissen."

Ich schaue sie verwundert an und überlege, was sie meint, als mir die Szene wieder in Erinnerung kommt. Meine kurzfristige Entgleisung hätte ich fast vergessen, schließlich ist seitdem viel passiert, sodass diese Sache in Bedeutungslosigkeit versunken ist.

„Na ja, er ist ganz nett, aber nicht mein Typ."

Alle lachen und glauben mir kein Wort. Hätte ich lügen sollen?

„Lina steht mehr auf reifere Kerle", klärt Ronja sie auf.

Ein „Ah!" und „Oh!" geht durch die Runde. Na prima, jetzt scheinen sie angefüttert zu sein. Wahrscheinlich geben sie keine Ruhe mehr. Manchmal ist Ronja eine Plage.

„Soso, dann mal raus mit der Sprache, Lina, wer ist denn der Auserkorene?", mischt sich Franzi ein. „Vielleicht Hendrik oder Max?"

„Die sind eher Ronja vorbehalten", lenke ich das Gespräch auf meine Freundin. Und prompt, die Meute stürzt sich auf sie und will sie über ihre Errungenschaften ausfragen. Ich bin erleichtert, dass sie von mir ablassen und sehe mich auf dem Schulhof nach Florian um. Doch ich kann ihn nirgends entdecken. Also zücke ich mein Handy und schicke ihm eine WhatsApp. Gestern Abend haben wir ständig Nachrichten ausgetauscht, sodass ich heute wunde Finger habe. Ich hoffe, dass er bald antwortet, denn ich sehne mich nach ihm.

Nach der Schule gehe ich einen Teil des Weges mit Ronja und frage sie nach Max.

„Ach, der", sagt sie frustriert und verstummt sogleich.

„Ja, und? Wie geht's nun weiter mit euch?", hake ich nach. „Das kann es doch nicht gewesen sein."

„Linchen, ich bin jemand, der seine Freiheit braucht und Max ist wie ein Klammeräffchen. Ich glaub nicht, dass das funktioniert."

„Willst du ihm keine Chance geben? Er scheint dich sehr zu mögen."

„Ich ihn auch."

„Wirklich? Und warum stößt du ihn dann vor den Kopf? Verstehe ich nicht."

„Bei uns ist es halt nicht so einfach wie bei dir und Flori. Ich bin ein komplizierter Mensch und Max nicht darauf eingestellt. Apropos, wie läuft's denn mit euch beiden?", schafft sie es, von sich abzulenken. Ich kratze mich am Kopf.

„Ganz gut, denke ich. Allerdings ist er heute nicht in der Schule aufgetaucht und gemeldet hat er sich auch noch nicht. Ich weiß nicht, wie ich das deuten soll. Eventuell ist etwas passiert."

„Quatsch! Was soll schon passiert sein?", gibt sich Ronja pragmatisch und gefühlsarm. Manchmal frage ich mich, ob sie wirklich so abgestumpft ist, wie sie tut. Ob ihr irgendein Gen fehlt? Womöglich ist es der Frust über ihre Eltern, die sie viel zu oft allein lassen. Darauf hätte ich auch früher kommen können. Dies könnte der Grund sein, warum sie Angst vor festen Bindungen hat. Sie möchte nicht von Max enttäuscht werden, dass er sie irgendwann genauso sich selbst überlässt, wie es ihre Eltern tun. Gott, wie dumm von mir, dass ich das nicht längst erkannt habe.

„Du hast Recht", entgegne ich, obwohl ich lieber was anderes gesagt hätte. „Sicher ist alles in Ordnung."

Am Abend sitze ich über meinen Schularbeiten und blicke unaufhörlich zum Handy. Doch eine Nachricht von Florian bleibt aus. Also lege ich den Kugelschreiber beiseite und nehme das Smartphone auf, um ihn anzurufen. Ich werde zu seiner Mailbox weitergeleitet und wundere mich, dass sein Handy ausgeschaltet ist.

„Hallo, Floh, ich bin's, Lina. Ich hab dich heute in der Schule nicht gesehen. Warst du überhaupt da? Ist alles in Ordnung bei dir? Ich mache mir Sorgen. Bitte ruf mich an, ja?"

Ich kappe die Verbindung und starre danach ins Leere. Warum hab ich nur so ein dumpfes Gefühl in der Magengegend? Irgendetwas ist geschehen.

# 14

Drei Monate sind inzwischen vergangen und ich habe Geburtstag. Es ist ein trauriger Tag, denn von Florian habe ich nichts mehr gehört, was mir sehr zu schaffen macht. Ich bin mehrmals zum Haus seiner Eltern gefahren und habe dort geklingelt, jedoch war nie jemand daheim. Seine Handynummer wurde abgemeldet, somit hatte ich keine Möglichkeit, ihn zu erreichen. Ich habe versucht, ihn zu vergessen, ihn aus meinem Gedächtnis zu streichen, aber er ist bereits ein Teil von mir geworden, wohnt tief in meinem Herzen. Wie könnte ich mir selbst das Herz rausreißen?

Meinen achtzehnten Geburtstag habe ich mir anders vorgestellt, nun ist er einsam und traurig für mich. Dabei habe ich das Haus voll mit Gästen. All meine Freunde sind gekommen, meine Tanten und Onkel sowie Cousinen und Cousins. Ronja ist mit Hendrik aufgeschlagen. Seit gut zwei Monaten ist sie mit ihm zusammen. Trotzdem redet sie ständig von Max, wenn wir alleine sind.

Ich wünschte, ich könnte begreifen, was sie durchmacht, warum sie sich zwischen den beiden nicht entscheiden kann. Doch ich glaube, die Sache ist die: Sie liebt Max und will deshalb lieber mit Hendrik zusammen sein. Das klingt unlogisch? Aber nein, das ist absolut einleuchtend. So kann Max sie nicht enttäuschen, indem er sie irgendwann verlässt. Wenn ihre Eltern wüssten, was sie bei ihrer Tochter angerichtet haben, würden sie sie nicht so häufig allein lassen.

Ich stopfe mir gerade das dritte Stück Kuchen in den Rachen, als es erneut an der Tür klingelt. Kauend gehe ich zum Eingang und mache auf. Florian steht auf der Schwelle und hält mir ein Geschenk vor die Nase.

„Herzlichen Glückwunsch", sagt er mit unbeholfener Gestik.

Meine Augen weiten sich, sodass die Augäpfel fast herausfallen. Ist er ein Hologramm oder eine optische Täuschung?

„Flo?", frage ich verwundert. „Wo warst du die ganze Zeit?"

Er sieht nach unten und atmet tief durch, bevor er mir abermals ins Gesicht blickt.

„Ich war vier Wochen in den Staaten. Seit zwei Monaten bin ich zurück, um das Abi nicht zu versäumen."

„Ach!", kann ich nicht fassen, was ich da höre. „Und hattest du einen schönen Urlaub?"

Wut staut sich in mir auf. Zu gern würde ich auf ihn einschlagen, ihn brutal attackieren. Als zivilisierter Mensch bleibt mir allerdings nur die Alternative, ihn mit Worten zu töten.

„Es ist nicht so, wie du denkst, Lina", gibt er zu verstehen.

„Nein? Wie dann?", frage ich erstaunlicherweise recht beherrscht.

„Das lässt sich schlecht auf die Schnelle erklären."

Ich trete einen Schritt zurück, um mich von ihm zu entfernen.

„Na ja, das brauchst du auch nicht mehr, Flo. Du hattest genug Zeit, mir eine Erklärung zu liefern. Jetzt habe ich kein Interesse mehr daran", betone ich ein wenig zu übertrieben und lasse die Tür vor seiner Nase zufallen. Ich drehe mich um und will ins Bad laufen, um mir die Augen auszuheulen, als ich meinen Vater im Hintergrund sehe. Offenbar hat er alles mitbekommen.

„Du hättest ihn reinbitten sollen, Kind."

„Nein, Paps, nicht so, nicht heute! Ich habe wochenlang auf seinen Anruf gewartet und plötzlich steht er auf der Matte und er-

144

zählt mir, dass er seit zwei Monaten zurück in Berlin ist, sogar in der Schule! Warum ist er nicht längst auf mich zugekommen, um mir sein Verhalten zu erklären?"

„So wirst du es vielleicht gar nicht erfahren."

„Ist mir egal. Er hat sich ohne ein Wort davongestohlen. Dafür gibt es keine Entschuldigung."

Mein Vater kommt auf mich zu und nimmt mich in den Arm.

„Geh nicht so hart mit ihm ins Gericht, Lina. Er könnte einen triftigen Grund für sein Verhalten haben."

„Welcher Grund kann das schon sein?"

„Ich weiß es nicht. Aber du solltest ihm die Möglichkeit geben, es dir zu sagen."

Ich löse mich aus der Umarmung und gehe mit meinem Vater Richtung Garten, in dem die Feier in vollem Gange ist. Der Grill arbeitet im Akkord und raucht wie eine Dampflock und das Lachen der Gäste dringt bis zu uns vor.

„Ich denke darüber nach, Paps. Bloß im Moment will ich Flo nicht in meiner Nähe haben."


Als sich am späten Abend der letzte Gast verabschiedet hat, bleibt die Unordnung als

Zeuge für eine hitzige Party zurück. Alle hatten Spaß, sogar ich konnte die Gedanken an Florian einige Zeit beiseiteschieben, um mich zu amüsieren.

Ich räume die Teller auf der Terrasse zusammen und stelle sie aufs Tablett. Meine Mutter kommt dazu und nimmt mich beiseite.

„Mach Schluss, für heute, Lina. Dein Vater und ich kümmern uns um den Rest."

„Sicher?", frage ich hundemüde.

„Sicher! Gute Nacht!", gibt sie zurück und schiebt mich Richtung Eingang.

„Danke, Mum! Ihr seid mega!"

Meine Mutter lacht und winkt mir hinterher.

In meinem Zimmer sehe ich, dass mein Smartphone blinkt. Ich greife es mir und lasse mich damit aufs Bett sinken. Eine unbekannte Nummer hat mir eine WhatsApp zukommen lassen. Ich öffne sie und sehe, dass sie von Flo ist. Meine Rufnummer hat er also noch. Als ich den Inhalt der kurzen Nachricht lese, zögere ich. Er bittet mich, ihn anzurufen, sobald ich Zeit habe. Jetzt hätte ich Zeit. Doch möchte ich mit ihm telefonieren? Ich lege das Handy auf meinen Nachtschrank. Nein, heute nicht!

# 15

Es ist Sonntag und mir steckt die Geburtstagsfeier in den Knochen. Daher lege ich mich mit meinem Smartphone in den Garten, um mich bei diesem herrlichen Wetter ein wenig zu brutzeln. Kaum habe ich es mir im Bikini auf der Liege in der Sonne gemütlich gemacht, klingelt das Handy, das ich eben gerade unter mich ins Gras gelegt habe. Geringfügig genervt nehme ich es wieder in die Hand und drücke den grünen Punkt auf dem Display.

„Ja?", stöhne ich ins Gerät.

„Hier ist Florian", höre ich die Stimme, nach der ich mich drei Monate lang gesehnt habe. Ich sage nichts, bleibe stumm. Zwar wäre ich jetzt an der Reihe, etwas zu sagen, aber das ist nicht von Belang. Muss ich mich etwa an irgendwelche Regeln halten? Hat Flo doch auch nicht getan! „Bist du noch dran, Lina?"

„Ich denke ja", sage ich und lege mich auf die Seite.

„Können wir uns sehen?", fragt er beinahe schüchtern.

„Und dann?"

„Dann möchte ich dir alles erklären."

„Und warum nicht eher?"

„Weil …" Er überlegt, lässt sich Zeit, die richtigen Worte zu finden. „Weil ich nicht konnte", sagt er das Falsche.

„Jetzt kannst du?", frage ich mit sarkastischem Unterton.

„Verflucht noch mal, Lina, mach es mir doch nicht so schwer!"

„Wer hat es denn hier wem schwergemacht, Flo? Nenn mir einen Grund, warum ich mit dir reden sollte!", verlange ich von ihm.

„Weil ich dich liebe", antwortet er voller Überzeugung.

„Komische Art, jemandem zu zeigen, dass man ihn liebt. Ich weiß nicht, Flo. Eigentlich bin ich mit dir durch."

Plötzlich schießt mein Vater dazu, er muss an der Terrassentür gestanden und mitgehört haben. Er reißt mir das Telefon aus der Hand und hält es sich ans Ohr.

„Hallo Florian?", fragt er, um sich zu vergewissern, mit dem richtigen Jungen zu sprechen. „Gut. Hier ist Linas Vater. Hör zu, Lina macht sich gleich fertig und dann fahre ich sie zu dir, damit ihr euch in Ruhe aussprechen könnt. Ist das okay? – Gut. Dann bis gleich."

Er drückt das Gespräch weg und hält mir das Handy vor die Nase.

„Was war das denn?", frage ich perplex.

„Ich rette deine Liebe."

„Aber …"

Mir fällt nichts ein, was ich sagen könnte. Ich würde meinen Vater jetzt gerne anschreien, ihm mein Smartphone an den Kopf schmeißen und wild rumspringen. Doch im Grunde bin ich schwer beeindruckt von seinem Handeln. Vor drei Monaten wollten mir meine Eltern noch Stubenarrest erteilen, damit ich Florian nicht treffen kann und heute will mich mein Vater sogar zu ihm fahren, obwohl ich mit keiner Silbe erwähnt habe, dass ich das möchte.

„Na los, zieh dir was an", befiehlt er mir. „Dein Flo erwartet dich."

Mundtot gemacht, erhebe ich mich und gehe fragend an meinem Dad vorbei. Ist das wirklich mein richtiger Vater oder wurde er von Aliens ausgetauscht? Womöglich liegt das Original in einem Labor auf einem Raumschiff und sie machen Versuche mit ihm. Damit das nicht auffällt, haben sie eine Kopie nach unten geschickt, die sich ausgesprochen seltsam verhält. Meine Mutter kommt mir entgegen und klopft mir auf die Schulter.

„Beeil dich, Kind. Du willst Florian doch nicht warten lassen."

Mein Mund steht offen und ich sehe meine Mutter an, als wäre sie eine Fremde. Wer sind diese Leute?

Als ich eine Viertelstunde später die Treppen nach unten komme, stehen meine Eltern im Flur und warten auf mich.

„Bist du abmarschbereit?", fragt meine Mum.

„Ja", antworte ich und verkneife mir jegliche Bemerkungen.

Gemeinsam gehen wir zum Auto und steigen ein.

„Wohin soll's gehen?", fragt mein Vater und stellt das Navigationsgerät an.

Ich nenne ihm die Adresse und lehne mich danach auf der Rücksitzbank zurück. Hoffentlich kommen sie nicht mit rein. Das wäre mir peinlich.

Nach gut zwanzig Minuten kommen wir an und ich steige besorgt aus dem Wagen, meine Eltern könnten mir folgen. Aber tatsächlich bleiben sie, wo sie sind, und meine Mutter fährt die Scheibe runter.

„Sollen wir dich später abholen, Schatz, oder fährt dich Florian zurück?", fragt sie mich.

„Ähm … ich weiß nicht."

„Du kannst ja anrufen, falls du uns brauchen solltest", sagt sie und will die Scheibe gerade wieder hochlassen, als Kathrin aus dem Garten gelaufen kommt und uns zuwinkt. Ich reibe mir die Augen, als ich sie erblicke. Das kann nicht sein! Sie sieht aus wie das blühende Leben.

„Hallo Lina!", ruft sie und eilt in einem Mordstempo auf uns zu. Als sie vor mir und dem Auto steht, spricht sie meine Mutter an.

„Bitte bleiben Sie doch auf einen Kaffee. Ich habe gerade einen Kuchen aus dem Ofen geholt."

„Oh, das klingt sehr verlockend", sagt meine Mum und spricht sich mit meinem Vater ab. „Gern", scheinen sie sich einig geworden zu sein und ich frage mich, ob das jetzt zu einem Familientreffen auswächst. Mein Dad schaltet den Motor aus und beide steigen aus dem Wagen.

„Bitte kommen Sie in den Garten durch. Das Wetter ist ja wirklich großartig heute, das muss man einfach genießen", bittet Kathrin ihre unverhofften Gäste in ihr Gartenidyll. Ich folge den dreien stumm und überlege, wie Florian darauf reagieren wird. Allerdings brauche ich mir nicht lange den Kopf darüber zu zerbrechen, denn als wir hinterm Haus auf die Terrasse zugehen, auf der ein großes Loungesofa steht, tritt Flo aus der Terrassentür heraus und strahlt wie ein Honigkuchenpferd.

„Schön, dass du gekommen bist", spricht er mich zuerst an und gibt mir einen Kuss auf die Wange. Danach wendet er sich meinen Eltern zu und reicht ihnen die Hand. „Danke, dass sie Lina vorbeigefahren haben."

„Das haben wir gern gemacht", sagt meine Mutter. „Es wird Zeit, dass ihr beide euch aussprecht."

„Ja, das ist wahr", entgegnet Flo und es scheint, als sähe er sich vor einer großen Aufgabe stehen. Denn seine Mimik drückt Besorgnis aus. Das erkenne ich deutlich.

„Wir wollen uns ja nicht einmischen, Florian", erklärt mein Vater, „aber wir haben uns schon gefragt, warum du so plötzlich jeglichen Kontakt zu Lina abgebrochen hast. Es sah so aus, als wäre es die große Liebe zwischen euch gewesen."

Heiliger Strohsack, wo ist das Erdloch, in dem ich mich verstecken kann? Ich lasse mich unaufgefordert auf einen Gartenstuhl nieder, bevor mir der Schock die Beine wegzieht. Meine Eltern sind auf dem besten Weg, mich zu blamieren. Jedoch habe ich das befürchtet. Warum bin ich also nicht vorbereitet?

„Es ist nach wie vor die große Liebe", geht Kathrin dazwischen, bevor Flo etwas sagen kann. „Die letzten Wochen und Monate waren sehr schwer für uns beide", bricht sie eine Lanze für ihren Sohn. Meine Eltern nicken verständnisvoll und halten sich mit weiteren Äußerungen zurück. „Bitte setzen Sie sich", bietet Kathrin an. „Ich hole den Kuchen."

Sie verschwindet im Haus und meine Eltern machen es sich auf der weißen Sitzgruppe gemütlich. Flo zieht sich einen Gartenstuhl heran und platziert sich neben mich.

„Geht es deiner Mutter besser?", frage ich ihn, verwundert über ihre Kraft.

„Ja, viel besser", bestätigt er meine Annahme. „Wir waren zusammen in den USA, um eine neue Therapie auszuprobieren. Und wie du siehst, schlägt sie an."

„Das ist toll!", sage ich erleichtert. „Wer hätte das gedacht?"

Kathrin kommt beschwingt mit einem großen Tablett zurück und stellt es auf dem Tisch ab. Florian hilft ihr, die Teller und Tassen zu verteilen. Als jeder mit einem Stück Kuchen und Kaffee versorgt worden ist, kommt Kathrin zum Punkt.

„Wissen Sie, Ihre Tochter ist ein ganz besonderes Mädchen. Sie hat mir neuen Lebensmut geschenkt, als sie mit meinem verstorbenen Mann Kontakt aufgenommen hat. Hat sie Ihnen davon erzählt?"

„Nein, das hat sie nicht", staunt meine Mutter. „Wir wissen, dass sie glaubt, mit Verstorbenen reden zu können. Nur so etwas gibt es doch nicht, nicht wahr?"

Sie sieht Kathrin fast beschwörend an, jetzt nichts Falsches zu sagen. Aber mit einem Kommentar ihres Mannes hat meine Mum nicht gerechnet.

„Unser Kind kann das, Schatz. Ich weiß, du willst das nicht hören, kannst dir das nicht vorstellen. Dennoch, sie hat diese Gabe von Geburt an."

*Danke Paps! Du bist der Beste!*

„Ich wusste nicht, dass Sie nicht daran glauben, tut mir leid", rudert Kathrin zurück.

„Ich glaube daran", korrigiert sie mein Vater. „Bitte erzählen Sie von diesem Ereignis. Unsere Tochter hält sich sehr bedeckt mit diesen Dingen, weil sie Angst vor Zurückweisungen hat. Wir haben ihr Talent in der Vergangenheit totgeschwiegen. Aus Ignoranz und Unwissenheit. Ich schäme mich dafür und ich denke, wir haben eine Menge bei dir gutzumachen, nicht wahr, Lina?"

Ich antworte bloß mit einem Augenaufschlag. Zu irgendwelchen Worten bin ich nicht fähig. Dass mein Vater sich zu Fehlern bekennt, die sie gemeinsam gemacht haben, imponiert mir sehr.

„Dann wissen Sie sicher nicht, was Ihnen dadurch alles entgangen ist", sagt Kathrin und lächelt mir zu. „Ihr Mädchen sagte mir, dass mein Tom einen Ring für mich im Arbeitszimmer hinterlegt hatte. Als Flo danach suchte, fand er ihn tatsächlich am beschriebenen Ort. An diesem Tag war sie das erste Mal in unserem Haus, kannte sich also nicht aus. Was denken Sie, woher Lina das gewusst haben konnte?", wendet sich Kathrin mit ihrer Frage an meine Mutter.

„Ich weiß nicht, woher sie solche Dinge weiß", erwidert meine Mutter. „Manchmal sind ihre Aussagen wirklich beängstigend nah an der Wahrheit."

„Aber das muss Ihnen doch keine Angst bereiten, Frau …"

„Sagen Sie Sonja zu mir", bietet meine Mutter an.

„Ich finde auch, dass wir uns beim Vornamen anreden sollten", stimmt mein Vater mit ein. „Ich bin der Mike, auch für dich, Flo."

„Danke, das ist sehr nett", sagt Florian und wendet sich danach an mich. „Was hältst du davon, wenn wir uns zurückziehen, während unsere Eltern Freundschaft schließen?", schlägt er mir vor.

„Das ist eine gute Idee", spornt mich Kathrin an mitzugehen. „Ihr könnt gern noch etwas Kuchen mitnehmen."

„Nein danke, ich bin satt", lehne ich ab. „Er war lecker."

Florian nimmt mich bei der Hand und führt mich ins Haus. Gemeinsam gehen wir die große Treppe nach oben zu seinem Zimmer. Er öffnet die Tür und lässt mich vor sich eintreten. Hier bin ich also wieder – in diesem Raum – mit Flo. Ich setze mich nicht, gehe zum Fenster und blicke auf die Auffahrt.

„Du warst also wegen deiner Mutter in den USA", fasse ich die Fakten in einem einzigen Satz zusammen.

„Ja."

„Und warum konntest du mir das nicht sagen?"

Ich drehe mich vom Fenster weg, um ihm in die Augen sehen zu können. Mein durchdringender Blick scheint ihn nervös zu machen, denn er weicht ihm aus und schaut zu Boden.

„Es ist nicht so, dass ich dir nicht Bescheid geben wollte, sondern alles ging auf einmal so schnell." Er geht zur Couch, die mitten im Raum steht und lehnt sich dagegen. Nun gelingt es ihm erneut, mich anzublicken, denn das Sofa ist ja bei ihm. „Morgens waren wir noch zusammen in der Klinik, weil sich der Zustand meiner Mutter weiter verschlechtert hatte. Dort erzählte uns der Arzt, dass er endlich einen Termin in jenem Krankenhaus in den USA für uns erwirken konnte, in dem eine neue Krebsbehandlung getestet wird. Wir haben seit Wochen darauf gewartet und sämtliche Reisedokumente beantragt. Daraufhin bin ich zum Flughafen gefahren, um spontan zwei Flüge und ein Hotel zu organisieren. Wir haben unsere Koffer gepackt und sind noch am selben Tag geflogen. Im Flieger muss mir mein Handy aus der Tasche gefallen sein, darum habe ich es sperren lassen. Deine Rufnummer hatte ich nicht im Kopf. Wie hätte ich dich also anrufen sollen?“

„Schön, das verstehe ich. Jedoch warst du vier Wochen später zurück. In dieser Zeit habe ich nichts von dir gehört oder gesehen. In der Schule musst du mir bewusst aus dem Weg gegangen sein. Wie kann es sonst sein, dass wir uns kein einziges Mal begegnet sind?“

Florian löst sich vom Sofa, das ihm bis eben Schutz geboten hat, und kommt zu mir ans Fenster. Er stellt sich vor mich und lehnt sich mit seinen Händen links und rechts von mir gegen das Fensterbrett. Prompt sieht er nicht mehr so hilflos aus, eher überzeugt, das Richtige getan zu haben.

„Du hast Recht, ich bin dir aus dem Weg gegangen, so oft ich konnte. Aber jetzt kann ich nicht mehr. Ich sehne mich nach dir, will dich bei mir haben, jede Sekunde meines Lebens.“

„Das leuchtet mir nicht ein“, bin ich verwirrt.

„Lina, ich bin in den letzten Wochen regelrecht heimgesucht worden von Visionen. Ich dachte, ich schnappe über.“

„Du hast mich tot gesehen, nicht wahr?“, sprudeln meine Emotionen über.

„Nein! – Ich weiß nicht. Lina, es könnte alles bedeuten. Doch eines weiß ich sicher: In jeder Vision steht eine Menschentraube um uns herum. Ronja, Max und Hendrik sind dort und du liegst blutüberströmt am Boden in meinen Armen." Endlich löst sich Flo von der Fensterbank und zieht mich an sich heran. „Verdammter Mist, ich will nicht, dass das passiert, verstehst du? Darum wollte ich nicht in deiner Nähe sein. Ich dachte mir: Solange wir nicht zusammen sind, können diese Bilder nicht zur Realität werden. Ich hasse sie! Ich kann sie nicht mehr ertragen. Sie haben sich eingebrannt in mein Gedächtnis."

Ich lege meine Arme um Florians Hüften und drücke mich, so fest ich kann, an ihn. Meinen Kopf habe ich auf seine Brust gelegt und lasse meinen Tränen freien Lauf. Warum will mir der Himmel das antun? Ich habe noch nichts von meinem Leben gehabt.

„Hab keine Angst, das wird nicht geschehen. Niemals!", versucht er mich zu trösten.

„Nein, Flo, es wird passieren, ich weiß es längst."

„Wie meinst du das? Woher willst du das wissen?", fragt er bestürzt und ergreift mich bei den Oberarmen, um mich von sich wegzuschieben. „Lina, wenn du etwas weißt, musst du es mir sagen.“

Zögernd blicke ich ihm in sein makelloses Gesicht. Seine braunen Augen fixieren mich fragend, während der Druck seiner Hände sich vervielfacht. Gleich hat er mein Fleisch zermalmt, wenn ich ihn nicht aufhalte.

„Ich habe mir die Karten gelegt“, gebe ich preis und zweifle im gleichen Augenblick, dass er versteht, wovon ich rede. Tarot ist für die meisten lediglich Humbug. Womöglich auch für Florian. „Dabei habe ich nicht nur einmal die Todeskarte gezogen. Sie hat sich mir regelrecht aufgedrängt.“

„Karten?“, fragt Flo unwissend.

„Ja, Tarot-Karten.“

Er lächelt befreit und lockert seinen Griff um meine Arme.

„Das ist doch ein harmloses Spiel. Ich dachte schon, du hättest ebenfalls Visionen gehabt.“

„Nein, Flo, es ist nicht bloß ein Spiel. Tarot ist eine Funkverbindung nach drüben. Von dort erhalten wir Hinweise, die über diese Leitung verschickt werden. In seltenen Momenten mag es mal nicht funktionieren, aber in diesem Fall war es mehr als deutlich. Die Karte wurde mir mehrmals geschickt.“

„Wozu brauchst du Tarot?", fragt er und bohrt seine Finger wieder tiefer in meine Oberarme. „Du kannst die Seelen direkt fragen. So eine dämliche Karte kann schließlich nicht über dein Schicksal entscheiden, zum Henker noch mal!"

„Ich habe meine verstorbenen Großmütter bereits gefragt, allerdings keine richtigen Antworten dazu erhalten. Es gibt nun einmal Grenzen in der Kommunikation. Die Geister sagen uns nicht alles."

„Aber Angst dürfen sie uns machen, ja?"

„Nein, das wollen sie nicht", nehme ich die jenseitige Welt in Schutz. „Vermutlich verstehen wir auch alles falsch, Flo. Lass uns gelassen sein und unser Leben weiterleben. Ich möchte mir keine Sorgen machen, ich will glücklich sein. Du nicht auch?"

Florian entspannt sich und gibt meine Arme frei, um mich an sich zu drücken.

„Natürlich will ich das!", erwidert er und atmet tief durch. „Wenn nur diese Visionen nicht wären."

„Sie müssen nicht eintreten. Wir können uns alle irren. Du und deine Mutter habt euch auch geirrt. Ihr wart euch ganz sicher, dass der Krebs sie das Leben kosten wird. Und jetzt ist sie wieder gesund! Damit hätte niemand gerechnet, nicht wahr?"

„Ja, in der Tat. Das ist ein Wunder.“
„Finde ich auch.“

# 16

Montagmorgen gehe ich mit einem unsicheren Gefühl zur Schule. Letzte Nacht hat mich meine Oma Helga wieder besucht, also die Mutter meiner Mutter, und mir mitgeteilt, dass ich jetzt stark sein müsse, mir eine Prüfung bevorstehe. Als ich fragte, was sie konkret damit meine, habe ich natürlich keine Antwort erhalten. So ist das eben mit den Vorhersagen aus dem Jenseits: nichts Halbes und nichts Ganzes. Daran gewöhne ich mich nie.

Der gestrige Abend wurde länger als erwartet. Meine Eltern haben sich mit Kathrin so gut verstanden, dass sie sich kaum lösen konnten. Später, nachdem Flo und ich uns ausgesprochen hatten, schlossen wir uns der Runde im Garten wieder an und siehe da: Wir alle hatten eine Menge Spaß miteinander.

Doch heute ist ein neuer Tag und ich werde das Gefühl nicht los, dass irgendetwas gehörig schiefgehen wird. Beinahe furchtsam betrete ich den Klassenraum und gehe zu meinem Platz. Ronja ist noch nicht da, darum breite ich mich erst mal am Tisch aus. Gestern haben wir nicht mehr miteinander gesprochen, hoffentlich geht es ihr gut. Sie ist sonst immer pünktlich und eine der Ersten.

„Hey, Hexe!", spricht mich Pia an. Verdutzt drehe ich mich um und sehe in ihre aufdringlich geschminkte Fratze. Toni und Camilla stehen wie zwei Türsteher neben ihr und strecken mir ihre hochgepuschten Brüste entgegen.

„Hey", gebe ich zurück und lege die Stirn in Falten. „Ist was?"

„Ja, du bist uns ein Dorn im Auge", antwortet Pia und zeigt mit dem Finger auf Hannah, unsere Außenseiterin in der Klasse. „Darum solltest du dich besser aus unserem Blickfeld begeben und dich zu der Vogelscheuche setzen."

„Darf ich fragen, wo dein Problem ist?", frage ich, entsetzt über ihre Eiseskälte. Pia und ich sind nie Freundinnen gewesen, aber wir sind uns stets aus dem Weg gegangen. Dass sie mich jetzt angreift, ist neu.

„Mit Hexen wollen wir nichts zu tun haben, also mach 'ne Biege, klar?"

„Was redest du da?", bin ich erschrocken, dass irgendeiner sein Mundwerk wohl nicht halten konnte. Ich tippe auf Toni, schließlich hat sie sich sofort so ablehnend verhalten, als sie erfahren hat, dass ich mit Verstorbenen rede.

„Nun tu nicht so blöd", mischt sich Toni ein. Na bitte, jetzt hat sie sich geoutet. „Hendrik hat dich enttarnt. Du tickst nicht ganz richtig, weil du annimmst, mit Toten sprechen zu können."

„Ich weiß nicht, wovon du sprichst", streite ich alles ab. Ich könnte ihre fiese Meinung über mich ohnehin nicht ändern, egal, wie gut meine Argumente sind. Daher ist es das Beste, für Verwirrung zu sorgen, indem ich Tonis Behauptungen infrage stelle.

„Wir wissen Bescheid", meldet sich Camilla zu Wort.

„Nur weil dein Name wie eine Damenbinde klingt, musst du dich hier nicht so hervortun", haue ich ihr an den Kopf. Schon schießt ihr das Blut in die Visage und ich freue mich über meinen Gegenschlag. „Ihr wisst überhaupt nichts. Und was Toni euch erzählt hat, sind reine Gerüchte, nichts weiter. Also könnt ihr mich jetzt bitte in Ruhe lassen?"

Es klingelt und die Schulstunde kündigt sich an. Wo ist Ronja? Ich hätte ihren Schutz gut gebrauchen können.

„Glaub nicht, dass es hiermit ausgestanden ist", lässt Pia verlauten. „Du bist so was von fällig!"

Die Giftnudeln ziehen sich zurück, um sich auf ihre Plätze zu setzen. Unser Physiklehrer betritt den Raum. Auch ich setze mich verloren auf den Stuhl und muss mich erst einmal sortieren. Was geht denn hier ab? Bin ich jetzt ein Mobbingopfer geworden? Prima, das hat mir gerade noch gefehlt.

In der großen Pause gehe ich nicht auf den Schulhof, stattdessen schlendere ich ziellos durch das Schulgebäude. Ich habe Angst, dass mich die anderen Mädels genauso ausschließen und diese Schmach möchte ich mir ersparen. Wer weiß, welche Kreise diese Sache schon zieht. Ist überhaupt noch jemand auf meiner Seite? Ich muss davon ausgehen, dass Pia die ganze Klasse gegen mich aufgehetzt hat. Am liebsten würde ich einfach nach Hause gehen. Zum Glück sind bald Sommerferien, Zeit genug, in der sich die überhitzten Gemüter beruhigen können. Warum muss Toni auch ihre Klappe so weit aufreißen? Ronjas Druckmittel, sie die Hausaufgaben nicht mehr abschreiben zu lassen, hat wohl keine Wirkung mehr, jetzt wo es bald Zeugnisse gibt.

Gedankenverloren biege ich in den nächsten Flur, als die Dreierriege sich mir in den Weg stellt. Zwei weitere Mädels aus der Klasse haben sich ihnen angeschlossen.

„Es wäre das Beste für dich, wenn du deinen Voodoo-Kult woanders ausübst. Wir wollen hier keine Hexenschlampen auf der Schule haben, verstanden?", gibt mir Pia zu verstehen.

„Ihr seid ja total durchgeknallt", kontere ich und will an ihnen vorbeilaufen. Doch Toni hält mich fest und auch Camilla ergreift mich am Arm. „Lasst mich los!", schreie ich sie an und fühle im selben Augenblick einen Schlag in die Magengrube. Ich krümme mich zusammen, hoffe, dass es hiermit erledigt ist, aber da trifft mich der nächste Fausthieb in den Bauch. Pia ist unerbittlich und prügelt jetzt in einem fort auf mich ein. Immer mehr Schüler versammeln sich und feuern sie an weiterzumachen. Passiert das hier wahrhaftig oder befinde ich mich mitten in einem Albtraum?

„Hört auf damit!", höre ich eine bekannte Stimme rufen und sehe, wie Florian zusammen mit Max herbeigeeilt kommt. Sie ziehen Camilla und Toni von mir weg und als Pia sich davonstehlen will, hält Flo sie auf. „Du bleibst schön hier", sagt er und reicht sie an

Hendrik weiter, der ebenfalls dazugestoßen ist. Er nimmt sie fest in den Griff, sodass eine Flucht nicht mehr möglich ist.

Ich habe mich auf den Boden gesetzt, weil mich die Schmerzen überwältigen. Flo geht in die Knie und legt seine Arme um mich herum.

„Alles okay, Lina?", fragt er liebevoll.

„Ich glaub schon", antworte ich schmerzverzerrt.

„Was hast du dir dabei gedacht?", brüllt er Pia auf einmal an. „Das war Körperverletzung, verflucht noch mal!"

Inzwischen hat sich scheinbar die ganze Schule hier versammelt, denn ich sehe lauter Gesichter, die Pia vorwurfsvoll anstieren. Offenbar haben sie schlagartig vergessen, dass sie sie eben noch ermuntert haben, aus mir Hackfleisch zu machen.

„Sie ist eine Hexe!", haut sie vor allen Schülern raus und sorgt damit für allgemeine Belustigung.

„Du bist ja nicht ganz dicht!", entgegnet Flo und hilft mir beim Aufstehen. Der Trubel ist bis zum Lehrerzimmer durchgedrungen, denn der Rektor hat sich bis zum Ort des Geschehens durchgekämpft.

„Was ist hier los?", fragt Herr Sauerbier.

„Offenbar gehört eine Ihrer Schülerinnen in die Geschlossene", sagt Flo und zeigt auf Pia.

„Das klären wir mal in aller Ruhe in meinem Büro", entscheidet Herr Sauerbier und fordert uns alle auf, ihm zu folgen.

# 17

Ich sitze mit Flo in der Notaufnahme und warte auf das Ergebnis der Untersuchungen. Herr Sauerbier hat erlaubt, dass er mich ins Krankenhaus fährt und im selben Atemzug meine Eltern informiert. Ich befürchte, dass sie jeden Augenblick auftauchen werden. Pia hat einen Schulverweis bekommen, Toni und Camilla eine Rüge. Ihre Eltern wurden über ihre Heldentat in Kenntnis gesetzt und die Polizei ist verständigt. Meine Eltern behalten sich vor, eine Anzeige zu machen, je nachdem wie schwer meine Verletzungen sind. Die Sache hat hohe Wellen geschlagen und wahrscheinlich bin ich jetzt in der Schule bekannt wie ein bunter Hund. Toll! Dabei will ich bloß unauffällig mein Leben führen.

Ich sehe, wie meine Eltern gemeinsam den Flur runtergerannt kommen.

„Lina, Schatz, wie geht es dir?", fragt meine Mutter, als sie mich erreicht haben. Sie reißt mich vom Stuhl und nimmt mich in den Arm.

„Aua, nicht so heftig", bitte ich meine Mum. „Gut geht's mir, denke ich. Bis auf die Schmerzen im Bauch."

„Diese Mädchen müssten alle der Schule verwiesen werden!", schimpft mein Vater. „Es ist unglaublich, was die sich geleistet haben!"

„Zumindest hat die Anstifterin ihre gerechte Strafe erhalten", meint Florian und begrüßt daraufhin meine Eltern mit einem Handschlag.

„Wir werden sehen, ob das reicht", erwidert mein Vater. „Eine Anzeige gegen das Mädchen behalten wir uns vor."

Der Doc kommt mit einem Klemmbrett unterm Arm zu uns heran und bittet uns in sein Sprechzimmer. Nachdem meine Eltern sich ihm vorgestellt und wir alle einen Platz gefunden haben, teilt er uns die Befunde mit.

„Wir konnten den Verdacht auf ein stumpfes Bauchtrauma glücklicherweise ausschließen. Ihre Tochter klagt trotzdem über Schmerzen im Bauchraum, was wir auf die Hämatome zurückführen, die sich mittlerweile gebildet haben. Wir konnten keine Verletzung innerer Organe feststellen, das CT war unauffällig."

„Gott sei Dank!", ruft meine Mutter aus und lässt sich erleichtert im Stuhl zurückfallen.

„Ihre Tochter sollte sich allerdings die kommenden Tage schonen. Auf keinen Fall Sport oder andere körperlichen Ertüchtigungen."

„Vielen Dank", sagt mein Vater und erhebt sich. „Dann ist noch mal alles gut gegangen."

Ich liege mit Florian auf seinem Bett und lasse mich von ihm mit Kamillen-Tee und zärtlichen Worten verwöhnen. Inzwischen ist es Abend geworden und der erste Schreck über das Geschehene verarbeitet. Meine Eltern haben zugestimmt, dass mich Flo für den Rest des Tages mit zu sich nach Hause nimmt. Eine Uhrzeit, wann ich zurück sein soll, haben sie offen gelassen. Jetzt, wo sie ihn besser kennengelernt und er mir heute auch noch das Leben gerettet hat, haben sie ihn zum einzig wahren Schwiegersohn erklärt. Gerade lasse ich mich von ihm mit Erdbeeren füttern, als sein Handy uns stört.

„Ja?", geht er genervt ran. „Ach, hallo … Ja, klar, machen wir. Sonst noch was? – Hab gerade Besuch. – Genau. – Okay, bis morgen."

Er stellt das Telefon auf lautlos und legt es beiseite.

„Wer war denn dran?", frage ich neugierig, denn mir fiel auf, dass er das Gespräch hektisch beenden wollte.

„Ach, niemand", ist die unbefriedigende Antwort.

„Und wie schafft es ‚niemand' hier anzurufen?"

„Es war nur eine Mitschülerin", korrigiert er seine vorherige Aussage.

„Warum sagst du das nicht gleich?"

„Weil … weil ich dich nicht verunsichern wollte", will er mir das Gefühl geben, dass alles harmlos ist.

„Sollte ich denn verunsichert sein?", lasse ich nicht locker.

„Nein, gottverdammt! Hör auf mit dieser Ausfragerei! Ist dir eigentlich klar, was heute für ein Tag war?", erinnert er mich an Pias Überfall. „Ich musste mit ansehen, wie ein paar Hirnis auf dich eingeschlagen haben. Glaubst du denn, ich habe Lust, nach so einem Erlebnis die Zeit mit deinen Eifersüchteleien zu verplempern?"

Ich kneife meine Augen zusammen und mustere ihn kritisch. Seine Worte wundern mich und rufen mich erst recht auf den Plan.

„Wieso sagst du so was? Ich hab doch nur gefragt, wer am Telefon war. Ist dir solch eine Frage etwa schon zu viel?“

„Nein, natürlich nicht. Ich will bloß nicht, dass du es falsch verstehst, wenn mich ein anderes Mädchen anruft. Du hast gerade was Schlimmes durchgemacht, Lina.“

„Ich verstehe solange nichts falsch, wie du ehrlich zu mir bist. Wenn du mir das Gefühl gibst, mir etwas zu verheimlichen, werde ich misstrauisch. Das ist doch ganz normal, oder?“

Florian legt sich auf die Seite und zieht mich in seine Arme.

„Komm her, meine kleine Perle. Ich bin ehrlich zu dir. Es steht nichts zwischen uns, und das wird es auch niemals. Haben wir das jetzt geklärt?“

„Klar“, gebe ich knapp zurück und beobachte ihn, versuche, in seiner Mimik zu lesen. Er hat das Thema einfach abgeschmettert, mir partout nicht sagen wollen, warum seine Mitschülerin hier anruft. Mir bleibt wohl nichts anderes übrig, als sein Schweigen in diesem Punkt zu akzeptieren und seinen Worten zu vertrauen.

„Warum glaube ich dir nicht?“, fragt er und rückt mir verboten nah auf die Pelle.

*Weil dein schlechtes Gewissen dich plagt*, denke ich und antworte nicht auf seine Frage.

„Lina, du kannst dir nicht vorstellen, was mir durch den Kopf gegangen ist, als ich gesehen habe, wie diese Pia auf dich eingeprügelt hat. Ich hätte sie am liebsten gevierteilt. Sie hatte Glück, dass wir nicht allein waren, sonst wäre ich anders mit ihr umgegangen."

„Das hätte nichts geändert, Flo. Was sie getan hat, war falsch, aber man kann nicht Gleiches mit Gleichem vergelten. Sie hätte nichts daraus gelernt, wenn du auf sie losgegangen wärst."

„Ja, vermutlich. Trotzdem ist sie viel zu gut bei all dem weggekommen."

„Ich lebe noch! Wenn das kein Grund zum Feiern ist. War es das, was du in deiner Vision gesehen hast?"

„Wäre möglich. Ich bin mir nicht sicher", hält er sich bedeckt.

Ich hebe meine Hand und fahre durch sein Gesicht. Seine Haut fühlt sich beinahe heiß an, als hätte er Fieber. Durch schwarze Augen blickt er mich freudlos an.

„Mach dir keine Sorgen", beruhige ich ihn. „Alles wird gut."

„Und woher nimmst du deine Zuversicht?", fragt er und macht klar, dass er anderer Meinung ist.

„Meine Großmütter haben mir gesagt, ich brauche keine Angst zu haben. Also wäre es vernünftig, auf sie zu hören."

„Haben sie aus dem Totenreich mit dir gesprochen?"

„Ja, Flo. Sie müssen es doch wissen, nicht wahr?"

„Hoffentlich meinen sie es nicht anders als wir denken", gibt er zu bedenken und versucht, ein Lächeln aufzulegen.

„Sie meinen es gut mit mir, so viel ist klar", sage ich und drücke mich weiter an Florian heran. Mit meiner freien Hand öffne ich ein paar Knöpfe meiner Bluse und nehme sein Erstaunen wahr. „Da wir nicht wissen, wie viel Zeit uns noch bleibt, sollten wir uns nicht mit Belanglosigkeiten beschäftigen, findest du nicht auch?"

Ich greife nach seiner Hand und führe sie in meinen Ausschnitt. Er lässt es geschehen, verharrt aber in dieser Position.

„Lina, ich weiß nicht, ob das richtig ist", haucht er mir mit wenig Überzeugungskraft zu. Sein Körper scheint allerdings eine andere Sprache zu sprechen, denn ich spüre ihn an mir beben, als würden zwei Erdplatten zerspringen.

„Was sollte daran verkehrt sein?", frage ich und streiche ihm sanft über den Rücken, bis ich seinen Hosenbund erreicht habe. Langsam grabe ich mich unter sein T-Shirt und fahre mit den Fingern über seine nackte Haut. Florian atmet kräftig ein, um danach die Luft mit geschlossenen Augen anzuhalten. Kurz darauf stößt er sie geräuschvoll aus und sieht mich wieder an.

„Du bist heute beinahe krankenhausreif geschlagen worden und hast Schmerzen", findet Flo eine Begründung. „Außerdem vertrauen mir deine Eltern, dass ich mich anständig verhalte."

„Aber das tust du doch", argumentiere ich dagegen. „Ich möchte es und deine Mutter ist nicht zu Hause. Worauf wollen wir warten?"

Da wir auf der Seite liegen, habe ich freie Bahn mit meiner Hand und lasse sie zurück zu seiner Hose wandern. Behutsam gleite ich hinein und streichle über seinen strammen Po. Ich bin überrascht, dass er keine Unterhose trägt, und wie leicht ich es habe, ihn zu ertasten. Flo erstarrt zu einer Höhlenmalerei und sieht mich an, als wäre ich der Apfel im Paradies.

„Lina, du spielst mit dem Feuer. Ich habe nichts hier, womit wir uns schützen könnten."

Ich höre nicht auf ihn, führe meine Entdeckungsreise fort und will mehr von ihm erfühlen. Doch da kommt er zu sich und stoppt mich.

„Nein, besser nicht", wahrt er seine Selbstbeherrschung. „Wir haben es nicht eilig, Lina. Gib uns Zeit."

Ich richte mich empört auf und rücke von ihm ab.

„Welche Zeit soll ich uns denn geben? Vielleicht haben wir keine mehr", verstehe ich seine Zurückhaltung nicht. „Du wolltest warten, bis der richtige Zeitpunkt gekommen ist. Bitte schön, jetzt ist er da. Nun sind es plötzlich meine Eltern, auf die du Rücksicht nehmen willst. Sie akzeptieren unsere Verbindung, daran kann es also nicht liegen. Meine Schmerzen brauchen dich nicht weiter zu belasten, die sind mein Problem. Und Kondome hätte ich dabei, wir wären also auf der sicheren Seite. Falls du dich lieber mit anderen Mädels vergnügen willst, tu dir keinen Zwang an. Die Doofnuss von eben hat sicher Interesse an dir!"

Ich stehe auf und gehe zum Fenster. Florian folgt mir und stellt sich hinter mich.

178

„Du bist also eifersüchtig und wolltest mich darum in Versuchung führen", zieht er falsche Schlüsse.

Ich schwinge wütend herum und sehe ihn grinsen. Dafür würde ich ihn am liebsten anschreien, aber ich nehme mich zurück, dabei hätte seine Überheblichkeit eine Abreibung verdient.

„Ich bin nicht eifersüchtig. Ich wollte mit dir schlafen! Nicht mehr und nicht weniger. Oder warum glaubst du, schleppe ich seit Monaten Kondome mit mir rum?"

Sein Grinsen friert ein und mit einem Mal sieht er nicht mehr so erheitert aus. Er packt mich an den Oberarmen und holt mich zu sich heran.

„Du schleppst also seit Monaten Kondome mit dir herum, ja? Darf ich fragen, wozu? Wir hatten drei Monate lang keinen Kontakt! Von wem wolltest du dir denn deine Unschuld rauben lassen, etwa von Jannes?"

„Du spinnst ja!", gebe ich zurück. „Ich hatte sie mir deinetwegen besorgt. Ich konnte ja nicht ahnen, dass du monatelang nichts von dir hören lässt." Ich versuche, Florian abzuschütteln, aber er lässt es nicht zu. „Andererseits, jetzt, wo du es ansprichst, fällt mir ein, dass ich Jannes eigentlich recht attraktiv finde. Er ist auch keine Memme, sondern ein echter Kerl", demütige ich Flo. Scheibenhonig! Das wollte ich nicht sagen, ist mir so rausgerutscht.

„So!", kommentiert er diese haarsträubende Aussage und erlöst mich von seinem harten Griff. Er zieht sich zurück, geht zerstreut zur Couch, um danach zu mir zurückzukommen. „Und was bin ich für dich?", fragt er verunsichert. „Eine Witzfigur?"

„Nein, das bist du nicht. Entschuldige, ich habe das nicht sagen wollen", mache ich eine Rolle rückwärts.

„Aber gedacht hast du es."

„Auch nicht. Ich war verärgert über deinen Hochmut. Du hast mich blöd aussehen lassen, Flo, mir Eifersucht vorgeworfen, nachdem du mich hast abblitzen lassen."

„Unsinn, ich hab dich nicht abblitzen lassen", bestreitet er und greift nach meinen Händen. Sachte kommt er wieder an mich heran und streift seine Arme um mich herum. „Ich hab es geschafft, dir zu widerstehen, das hat dir wohl nicht gefallen."

„Tse, ich stehe über solchen Dingen."

„Ha, das ist ja lächerlich!", macht er sich über mich lustig.

„So lächerlich wie *deine* Eifersucht", erinnere ich ihn an sein eigenes Fehlverhalten.

„Ich?", tut er, als wüsste er von nichts. „Jannes ist ein Warmduscher, keine Konkurrenz für mich."

„Richtig, Flo, er ist keine Konkurrenz für dich. Können wir das Thema jetzt abhaken?"

„Du hast Recht, wir verhalten uns total albern", stimmt er mir zu und wiegt mich in seinen Armen. „Ich will nicht mit dir streiten."

„Ich auch nicht", sage ich ehrlich. Immerhin habe ich gerade ein Attentat überlebt, da brauche ich nicht noch mehr Unruhe in meinem Leben.

Das Festnetz klingelt und Florian gibt mich frei, um im Flur ans Telefon zu gehen.

„Hör zu, Tanja, ich habe dir gerade gesagt, dass ich Besuch habe. Können wir das nicht morgen klären?"

Aha, der Störenfried heißt also Tanja. Offensichtlich war sie es, die zuvor auf seinem Handy angerufen hat. Nun möchte ich aber wissen, wer dieses Mädel ist. Und wieso in aller Welt kennt sie alle seine Telefonnummern? Seine Festnetznummer kenne nicht mal ich! Als er Tanja abgefertigt hat, kommt er zurück ins Zimmer. Ich stehe nach wie vor am Fenster, überlege aber, warum ich nicht wütend an ihm vorbeirausche und davonrenne. – Weil du hoffst, dass er unschuldig ist. – Ist er das? Wäre ich nicht zufällig hier gewesen, hätte er ungeniert mit ihr herumgeturtelt. – Das kannst du nicht wissen. – Doch, da bin ich sicher. – Sind wir etwa eifersüchtig? – Nein, lass mich in Ruhe, du störst.

Nachdem ich meine Zweifel zerstreut habe (was ich natürlich nicht habe, ich habe bloß meine innere Stimme zum Schweigen gebracht), empfange ich Flo mit einem Lächeln, obwohl ich ihm lieber die Gardine um den Hals gewickelt und kräftig zugedrückt hätte.

„Tanja scheint sich nicht von dir lösen zu können“, gebe ich zynisch von mir.

Mist, ich wollte aufgeschlossen tun, ihm vormachen, mir würde der erneute Anruf nichts ausmachen. Stattdessen mache ich sofort klar, was los ist. Nämlich dass ich vor Eifersucht platzen könnte. Bin ich also doch eifersüchtig. – Sag ich ja. – Halt die Klappe, mit dir rede ich nicht! – Mit wem dann? – Mit mir selbst. – Und wer bin ich? – Du. – Ich dachte, ich wäre du. – Nein, ich bin ich und jetzt sei still, ich muss nachdenken, was ich tun soll.

„Ja, tut mir leid. Sie wird nicht wieder anrufen“, will er sich um eine Erklärung drücken und da anknüpfen, wo wir gerade aufgehört haben. Er umwickelt mich mit seinen Armen und küsst mich auf die Nase.

Ich warte noch einen Augenblick in der Hoffnung, er würde endlich erklären, wer Tanja ist. Aber er hüllt sich in Schweigen und grinst mich an. Glaubt er, mit einem dämlichen Grinsen davonzukommen?

„Willst du mir nicht erklären, wer das Mädel ist?", frage ich in ruhigem Ton. Dabei würde ich ihm die Frage gern mit einem Megafon ins Ohr schreien.

„Sie ist lediglich eine Mitschülerin", ist seine unzureichende Antwort. Er führt mich zum Sofa und will sich mit mir setzen. Ich bleibe stehen.

„Ja, und?", bohre ich weiter. „Das ist alles?"

„Ja, Lina, das ist schon alles. Oder willst du hören, dass ich mit ihr schlafe?", wird er ungeduldig.

„Nein, ich fänd's jedoch toll, wenn du unbefangen auf meine Fragen antworten könntest."

„Das hab ich doch!", erhebt er seine Stimme.

„Ach ja? Ich ziehe dir aber jede kleinste Information aus der Nase. Und ich weiß immer noch nicht, warum Tanja das zweite Mal hier anruft oder warum sie das überhaupt tut. Seid ihr euch nähergekommen?"

„Nein, zum Kuckuck noch mal! Hör auf damit, Lina. *Du* bist meine Freundin, klar!"

„Warum fühlt es sich dann so an, als wäre ich diejenige, vor der du alles verheimlichst?"

„Weiß ich nicht. Wahrscheinlich bist du einfach zu misstrauisch." Florian setzt sich und reibt sich durchs Gesicht. „Ich werde mit ihr am Samstag zum Abiball gehen", kommt er endlich mit der Wahrheit heraus und verfällt danach in ein quälendes Schweigen.

Ich brauche einen Moment, um die Worte zu begreifen. Der Schmerz überwältigt mich und ich bringe es nicht fertig, etwas zu sagen. Ich sehe bloß auf ihn runter und warte darauf, dass er fortfährt, mir diese unerhörte Geschichte erklärt. Stattdessen sinkt sein Kopf tiefer und meine Beine werden wackeliger. Wenn er nicht gleich etwas sagt, das die Sache entschärft, klappe ich zusammen.

Mein Smartphone meldet sich mit einem Gong. Eine WhatsApp ist eingegangen. Ich greife in meine Gesäßtasche und fische es hervor. Ronja schreibt mir und erkundigt sich nach meinem Befinden. Sie hat gerade vom Überall auf mich erfahren und ist besorgt. Ich tippe ungeniert meine Antwort für sie, obwohl Florian und ich noch mitten in der ungeklärten Situation stecken. Solange er kommentarlos da rumsitzt, kann ich mich doch anderweitig beschäftigen, oder etwa nicht?

„Ist das jetzt dein Ernst?", fragt er beleidigt, dass ich meine Aufmerksamkeit aufs Handy richte, statt weiter mit ihm zu streiten.

„Bin gleich fertig, sorry!", tue ich geschäftig.

„Ist das jetzt wichtiger als unsere Unterhaltung? Wer hat dir denn geschrieben?", brennt er vor Neugier.

„Och, nur Jannes", antworte ich seltsamerweise.

„Jannes!", wiederholt er meine Lüge. „Und was will Jannes?"

„Wissen, wie es mir geht."

„Was geht die Flachpfeife das an?"

Ich grinse vor mich hin. Das war meine Retourkutsche für Tanja und sie scheint zu funktionieren, denn Flo kann seine argwöhnische Reaktion nicht verbergen.

„Er macht sich halt Sorgen. Ist das verboten?"

Florian springt auf und geht im Zimmer auf und ab. Anscheinend muss er seinen einsetzenden Groll bezähmen und die Bewegung hilft ihm dabei, sich zu bändigen.

„Ich dachte, er wäre nicht wichtig für dich. Warum kommunizierst du dann mit ihm?“

„Und ich dachte, Tanja wäre nur eine Mitschülerin von dir. Warum geht sie dann mit dir auf den Abiball? Sollte ich nicht die Frau an deiner Seite sein an solch einem Tag?“

„Nun lenk’ nicht vom Thema ab!“, brüllt er auf einmal wie ein Gorilla und lässt mich zusammenzucken.

„Ich denke, ich möchte jetzt gehen und diese unerquickliche Unterhaltung mit dir beenden.“

Ich schnappe nach meiner Jacke und begebe mich zum Ausgang.

„Tut mir leid, bitte bleib, Lina“, lenkt er ein und kommt mir hinterher, um mich am Arm festzuhalten.

„Wir sollten beide überlegen, was wir wirklich wollen“, gebe ich zu bedenken.

„Aber ich weiß, was ich will“, macht er mir klar, doch ich glaube ihm kein Wort. Immerhin hat er Samstag mit Tanja ein Date.

„Fährst du mich bitte nach Hause?“, bleibe ich standhaft und möchte mich nicht wieder von ihm einwickeln lassen.

„Lina, du bedeutest mir alles. Bitte triff dich nicht mehr mit Jannes.“

„Dann triff du dich nicht mit Tanja.“

„Sie ist nur meine Ballbegleitung, mehr nicht.“

„Ja, und? Warum sie und nicht ich?“

Florian atmet tief durch und sieht verzweifelt aus. Denkt er denn, er könnte sich mit zwei Mädels zugleich vergnügen? Da mache ich nicht mit!

„Ich will eben nicht, dass dir etwas passiert“, antwortet er mit hängenden Schultern. „Du weißt, was ich in den Visionen gesehen habe. Und beim Ball werden alle da sein und die Bilder könnten sich bewahrheiten.“

„Mein Gott, Flo, sie haben sich bewahrheitet, und zwar heute. Und ich lebe noch. Es ist vorbei! Hör auf, ständig darüber nachzudenken. Siehst du nicht, was du damit anrichtest? Du triffst dich lieber mit einer anderen Frau, um mich zu schützen, und zerstörst damit mein Vertrauen.“

„Das möchte ich nicht“, sagt er geknickt.

„Dann nimm *mich* zum Abiball mit.“

„Das geht nicht, Lina. Es ist zu gefährlich.“

„Ich verstehe“, sage ich resigniert. „Dann ist es wohl das Beste, wenn ich jetzt gehe.“

# 18

Am folgenden Tag gehe ich nicht zur Schule. Ich habe meinen Eltern vorgemacht, dass meine Schmerzen zu groß seien, um das Haus zu verlassen und sie hatten vollstes Verständnis für mich. Zwar tut mein Magen noch etwas weh, aber im Grunde wäre ich fit genug, mich den täglichen Herausforderungen zu stellen. Doch meine Seele ist angeschlagen, was eine viel größere Belastung für mich ist. Erstens bin ich gestern vor der gesamten Schule bloßgestellt worden und zweitens sind Flo und ich im Streit auseinandergegangen. Daran habe ich schwer zu knabbern, vor allem an der Tatsache, dass er sich partout nicht davon abbringen lassen wollte, mit Tanja zum Schulball zu gehen. Nicht mal meine Versuche, ihn mit Jannes eifersüchtig zu machen, konnten ihn umstimmen. Angeblich wäre seine Sorge um mich zu übermächtig, denn seine dämlichen Visionen, von denen er nicht mal genau weiß, was sie bedeuten, könnten ja wahr werden. Langsam bin ich genervt von diesen

Weissagungen, die vorab mehr Unglück bringen, bevor sie überhaupt eintreffen – falls sie jemals eintreffen.

Mein Smartphone meldet sich mit einem Puff. Ich habe den Klingelton geändert und den Gong gegen ein Puffen eingetauscht. Gefällt mir aber auch nicht besser. Ich werde mir wohl neue Klingeltöne aus dem Internet herunterladen müssen, da mein Handy bloß eine unzureichende Auswahl anbietet. Eine unbekannte Nummer hat mir eine WhatsApp geschickt. Neugierig öffne ich die Nachricht und sehe, dass sie von Max ist.

*Hey Lina, wie geht es dir? Die Prügelei gestern war echt heftig. Bist du deshalb heute nicht in der Schule? Hab von Flo gehört, dass er mit Tanja auf unseren Abschlussball geht. Alles okay zwischen euch? Hast du Bock, mich zum Ball zu begleiten?*

Erstaunt blicke ich geschlagene fünf Minuten aufs Display und überlege:

1. Woher hat er meine Nummer?
2. Wieso interessiert er sich für mich?
3. Warum fragt er mich, seine Begleitung zu sein?

4. Wäre Ronja sauer, wenn ich zusagen würde?
5. Was würde Flo dazu sagen?

Nach weiteren fünfzehn Minuten freunde ich mich mit dem Gedanken an, für Max den Lückenbüßer zu spielen. Somit habe ich einen Grund, zum Ball zu gehen und Flo auf die Finger zu schauen. Außerdem sehe ich es nicht ein, dass er sich mit einem anderen Mädel vergnügen darf, während ich zu Hause sittsam auf ihn warte. Ich schnappe mir das Pendel und setze mich an den Tisch. Ich reibe den Bergkristall meines Pendels zwischen den Händen, um ihn aufzuladen und nehme dann das Ende der Kette in die rechte Hand. Den Ellenbogen stütze ich beim Pendeln auf dem Tisch ab und lasse den Stein erst ein bisschen unkontrolliert umherschwingen.

„Liebes Pendel", beginne ich, „ist es eine gute Idee, Max zu seiner Jahrgangsabschlussfeier zu begleiten?"

Ja- und Nein-Fragen lassen sich am besten mit dem Pendel beantworten. Da können die Tarot-Karten nicht helfen. Wenn der Stein im Uhrzeigersinn kreist, ist es als ein Ja zu werten. Pendelt es aber gegen den Uhrzeigersinn zeigt es mir ein Nein an. Ich versuche entspannt zu sein und meine Konzentration in die Frage zu legen und nicht in die rechte Hand, um das Ergebnis nicht zu beeinflussen. Nach einigen Sekunden der wilden Herumschwingerei pendelt sich der Stein auf eine Position ein und dreht sich im Uhrzeigersinn über der Tischplatte. Also „ja“!

Ich suche Ronja in meinen Kontakten und schreibe ihr eine WhatsApp. Natürlich möchte ich mir vorher das Okay von ihr holen. Wenn ich eines nicht will, dann unsere Freundschaft mit dieser Aktion aufs Spiel setzen. Zwar ist sie mit Hendrik zusammen, das heißt aber nicht, dass sie Max abgeschrieben hat.

Nachdem ich meine Nachricht an sie verschickt habe, warte ich ungeduldig auf ihre Antwort. Ich schaue auf die Uhr. Die große Pause müsste gerade begonnen haben, somit hätte Ronja Zeit, sich zu melden. Und tatsächlich, sie ruft an. Offenbar will sie sich die Tipperei ersparen und es direkt klären. Aufgeregt nehme ich den Anruf an.

„Hey Ronja“, sage ich und hoffe, dass sie meine groteske Frage nicht misslich gestimmt hat.

„Ich versteh kein Wort", kommt sie sofort zur Sache und erspart sich jegliche Floskeln der Begrüßung. „Wieso willst du mit Max zum Abschlussball? Hä?"

„Okay, die Kurzfassung: Flo will nicht mit mir, sondern mit einer Tanja zum Ball, weil er denkt, mir könnte etwas passieren. Ich hätte die Möglichkeit mit Max dorthin zu gehen, um Florian einen einzuschenken. Ist das eine idiotische Idee von mir, ihn eifersüchtig machen zu wollen? Ich schwöre dir, ich will nichts von Max, ich möchte ihn bloß benutzen. Würdest du es mir erlauben?"

„Das ist eine geile Idee, Süße. Doch warum fragst du mich um Erlaubnis. Du weißt schon, dass ich mit Hendrik zusammen bin."

„Klar, aber ich weiß auch, dass du Max noch magst."

„Ach was, das ist Blödsinn", streitet sie alles ab. „Mach dir mit ihm einen schönen Abend und später wirst du mir sicher alles genauer erklären, nicht wahr? Ich verstehe nämlich bloß Bahnhof."

Mir fällt ein, dass ich Ronja von Florians Visionen noch nichts erzählt habe. Sie kann also unmöglich begreifen, was hier Sache ist.

„Das mache ich, versprochen."

Nach dem Telefonat mit meiner Freundin tippe ich die Antwort für Max ins Handy:

*Ja, gern.*

# 19

Es ist Samstag. Seit unserem Streit habe ich mit Florian nicht mehr gesprochen. Zwar hat er einige Male versucht, Kontakt mit mir aufzunehmen, aber ich habe auf seine E-Mails, die er mir aufs Smartphone geschickt hat, nicht geantwortet. Solange er der Meinung ist, sich mit Tanja treffen zu müssen, habe ich ihm nichts mehr zu sagen.

Ronja habe ich in der Zwischenzeit von Florians Talent erzählt, zukünftige Ereignisse vorauszusehen. Obwohl ich mittlerweile nicht mehr glaube, dass seine Weissagungen zutreffend sind. Vermutlich deutet er sie auch falsch. Auf jeden Fall dramatisiert er sie, was gewaltig nervt. Ronja dagegen war zutiefst beeindruckt, als sie es erfuhr, und bat mich, meine Entscheidung, zum Ball zu gehen, noch mal zu überdenken. Sie rief mir die Todeskarte ins Gedächtnis.

„Ronja, ich bin Anfang der Woche von meinen Mitschülern verprügelt worden", frischte ich ihre Erinnerung auf. „Alles deutet darauf hin, dass mich die Tarot-Karten davor warnen wollten. Es ist vorbei! Soll ich etwa weiterhin in Angst leben?"

Meine Worte überzeugten sie und ließen ihre Gesichtsmuskeln entspannen. Wenn ich eines nicht gebrauchen kann, dann dass mir meine Freundin ebenfalls das Leben schwer macht. Reicht doch, wenn Florian unter phobischen Störungen leidet, die er auf mich überträgt.

Ich habe mir ein neues Kleid gekauft. Hatte ja die letzten Tage genügend Zeit für ausgiebige Einkaufsbummel, da ich von der Schulpflicht befreit war. Nun sind meine körperlichen Wunden verheilt und ich betrachte mich in Unterwäsche im Spiegel. Ich streiche mir über den Bauch und kann keine blauen Flecken mehr ausmachen. Zum Glück ist alles glimpflich abgelaufen, schließlich hätten mich die Mädels auch krankenhausreif schlagen können. Wäre mir Flo nicht zur Hilfe geeilt, wer weiß, wo ich heute stände? Ich male mir aus, wie meine Eltern weinend an meinem Grab stehen. Herrje, was für eine furchtbare Vorstellung. Ich schüttle den Kopf und hüpfe ein bisschen herum, um diese Bilder zu verscheuchen. Es ist alles wieder gut. Ich bin nicht gestorben und werde mir heute einen schönen Abend mit Max machen und

Flo davon überzeugen, dass er die falsche Entscheidung getroffen hat. Ich hoffe bloß, dass ich den Bogen nicht überspanne und mir Florian meine Verabredung mit Max nicht nachträgt. Aber warum sollte ich ein schlechtes Gewissen haben? Er ist derjenige, der unseren Streit zu verantworten hat, nicht ich!

Ich schlüpfe in mein himmelblaues Satinkleid, das mir bis über die Knie reicht und mich wie eine Prinzessin aussehen lässt. Ich hoffe nur, dass sich Max' Auto nicht unterwegs in einen Kürbis verwandelt. Ich grinse. Da mein Kleid nicht aus einer Haselnuss gefallen ist, kann ich unbesorgt sein.


Am Abend klingelt es an der Tür. Ich schwebe die Treppen nach unten und öffne. Max steht vor der Schwelle und sieht flott aus in seinem Anzug.

„Können wir?", fragt er und sieht mich von oben bis unten an. Dabei schüttelt er unaufhörlich mit dem Kopf als wäre er ein Wackeldackel. „Toll siehst du aus."

„Danke", erwidere ich beschwingt, „du aber auch."

Er führt mich zu seinem Wagen und öffnet mir die Beifahrerseite. Ich steige ein und bin aufgeregt. Vor allem vor Florians Reaktion, wenn er mich mit Max zusammen sieht. Mit einem Mal beginne ich zu zweifeln, ob diese Aktion auch gut durchdacht von mir ist. Es könnte ja passieren, dass Flo sich von mir lossagt. Das würde ich nicht aushalten. Ich liebe ihn! Ja, das wird mir plötzlich klar – jetzt – in diesem Augenblick. Ich erwäge, mein Smartphone zu zücken und ihn anzuschreiben, ihn vorzuwarnen. Als ich jedoch in mein Täschlein schaue, dass ich eigens für diesen Abend gekauft habe, greife ich ins Leere. Ich habe das Handy in meinem Zimmer liegen gelassen. Als mir das klar wird, ist es zu spät, denn Max und ich sind bereits auf dem Weg zur Schule.

Dort angekommen, hake ich mich bei ihm unter und lasse mich von ihm zur Aula führen. Die Feier ist in vollem Gang, laute Musik dringt bis in den Flur. Mir wird unwohl und ich habe Angst weiterzugehen.

„Warte, Max", sage ich zu meinem Begleiter und bleibe kurz vorm Eingang des Schulsaals stehen.

„Was ist?", fragt er irritiert. „Geht es dir nicht gut?"

„Ja", antworte ich erst. „Nein, das ist es nicht."

Oder doch?

„Was dann?“

Genervt stemmt er die Arme in die Hüften und wartet auf meine Erklärung.

„Ich weiß nicht. Es ist nur so, dass ich plötzlich so ein seltsames Gefühl habe.“

„Na und? Das habe ich ständig. Wo ist das Problem?“

„Geh doch schon mal vor, ich komme gleich nach, ja?“, flehe ich ihn an, mich allein zu lassen. Ich muss erst mal damit klarkommen, dass mich gerade eine gewaltige Furcht überrollt. Woher diese Angst so schlagartig gekommen ist, kann ich mir nicht erklären. Aber eines ist klar: Sie lähmt mich und sorgt dafür, dass ich keinen einzigen Schritt mehr vor den anderen tun kann. Meine Beine beginnen zu zittern und mir wird schwindelig.

„Frauen …!“, schimpft Max und lässt mich kopfschüttelnd zurück. Meine körperlichen Reaktionen sind ihm nicht aufgefallen. Die Farbe weicht mir aus dem Gesicht und ich stehe da wie vom Blitz getroffen. Oh Gott, was geschieht mit mir? Ich will den Rückzug einläuten, mich zur Treppe begeben, aber mein Körper ist steif wie ein gefrorenes Suppenhuhn.

Hilfe, ich will hier weg! Was ist bloß los?

Wie eine Fadenpuppe gehe ich zum Aulaeingang, möchte jemanden finden, der mir hilft. Ich sehe Florian mit einer Frau zusammen stehen. Tanja? Sie streicht ihm über die Wange und lacht wie ein aufgezogener Lachsack. Andauernd schallt das gleiche Gekicher zu mir herüber, das die Musik um Längen übertönt. Sie klingt wie eine quietschende Luftpumpe. Als sie ihre Arme auch noch um Flo legt, löst sich meine Verkrampfung, als hätte jemand einen Knopf gedrückt. Nun will ich bloß noch eines: dieses Miststück an den Haaren packen, sie über den frisch gebohnerten Parkettboden schleifen und ihr das Licht ausknipsen. Ich trete über die Türschwelle und stampfe wie eine wild gewordene Elefantenkuh zu Florian. Er wird auf mich aufmerksam und löst sich von seiner aufgetakelten Tussi. Jetzt gehen wir aufeinander zu und nichts in der Welt kann mich mehr aufhalten, ihm eine kräftige Abreibung zu verpassen. Doch als wir uns gegenüberstehen, ergreift er mich an den Schultern und zieht mich direkt in seine Arme.

„Lina!", sagt er außer sich vor Freude. „Warum hast du auf meine Nachrichten nicht reagiert? Ich bin fast wahnsinnig geworden in den letzten Tagen." Ich versuche zu antworten, aber er drückt mich so fest gegen seine Brust, dass ich unter Sauerstoffknappheit leide. „Ich bin froh, dich zu sehen. Bitte tu mir das nie wieder an, hörst du?"

Endlich lässt sein Klammergriff nach und ich sauge die Luft tief in mich ein, bevor ich blau anlaufe.

„Du bist also mit Tanja hier?", frage ich und gehe nicht auf seine Bemerkungen ein.

„Und du bist mit Max hier, habe ich gehört", ist seine Gegenreaktion.

„Ja", erwidere ich knapp.

„Gut, dann sind wir ja quitt, nicht wahr? Das ist es doch, Lina, du wolltest mich mit ihm eifersüchtig machen, richtig?"

Ich schweige.

„Max ist mein Freund. Glaubst du wirklich, ich hätte nichts von eurer Verabredung gewusst? Er hat mich gefragt und ich fand, dass es eine gute Idee ist. Somit wusste ich, dass ich dich heute Abend wiedersehen werde. Ich wollte Tanja absagen und alles rückgängig machen, damit du meine Begleitung sein kannst. Deine Argumente habe ich mir noch mal durch den Kopf gehen lassen und sie haben mich überzeugt. Ich muss die Bilder meiner Vision abstreifen, es ist vorbei. Aber du hast mich nicht anhören wollen, meine Nachrichten ungelesen gelöscht. Verflucht, Lina, ich glaube dir, du hast mit allem Recht. Man kann sein Leben nicht in ständiger Angst verbringen, dass etwas passieren könnte. Lass uns einfach den Abend gemeinsam genießen, okay?"

Ich bin baff. Mit solchen Worten habe ich nicht gerechnet. Eigentlich wollte ich ihm gerade den Marsch blasen und plötzlich muss ich umschwenken von Krieg auf Frieden. Bei aller Mühe jedoch schaffe ich das nicht. Deshalb gehe ich nicht auf ihn ein und drücke ihn von mir weg.

„Ich … du … ich meine, na ja … Warum bist du dann mit Tanja hier?"

„Lina. Hast du mir überhaupt zugehört?", scheint Flo meine Frage nicht zu verstehen. Dabei kann man sie gar nicht missverstehen, selbst wenn man kurzfristig von geistiger Umnachtung betroffen ist.

„Du hättest ihr absagen können, wenn du inzwischen alles anders siehst."

„Ja, hätte ich. Na und?"

„Na und? Du hakst das mit ‚na und?' ab? Ich brauche mal frische Luft", sage ich kurz vor der Explosion stehend und wende mich ab, um mich zum Ausgang zu begeben. Ich trampse ein paar wütende Schritte voran und sehe, wie Ronja mit Hendrik den Saal betritt und wundere mich, als sie wild mit der Hand zu fuchteln beginnt.

Ich drehe mich um, weil ich denke, sie könnte Florian meinen und tatsächlich, auch er wedelt mit den Armen und ruft mir etwas zu. Jetzt bin ich verunsichert und bleibe stehen. Doch nun beginnen auch die Leute hinter Flo wüst zu gestikulieren, einige Mädels schreien wie am Spieß. Was geht denn hier ab? Ich schaue über mich, denn mir kommt es so vor, als würden die Arme zur Decke zeigen. Es bleibt keine Zeit zu überlegen, ein Deckenstrahler hat sich aus der Verankerung gelöst und fällt auf mich herab. Ich spüre einen kraftvollen Schlag auf den Kopf und plötzlich ist es dunkel.

# 20

Als ich wieder zu mir komme, stehe ich neben meinem toten Körper. Ich sehe grauenvoll aus. Mein Kopf ist blutverschmiert und ich liege schlaff auf dem Boden. Die Musik ist ausgestellt worden und eine riesige Menschentraube hat sich um mich herum versammelt. Florian kniet neben mir und sieht verstört auf mich herab.

„Lina!!!", schreit er durch die gesamte Aula und lässt mich erschaudern. Hätte ich noch einen Körper, ginge mir die Situation durch Mark und Bein. Allerdings bestehe ich bloß noch aus Geist und der fühlt den seelischen Schmerz noch gewaltiger. Meine Gefühle überrennen mich und ich möchte Flo gern in den Arm nehmen und ihn trösten. Plötzlich spüre ich meine Liebe für ihn viel stärker. Ich liebe ihn also über den Tod hinaus. Die Fähigkeit zu lieben geht nicht verloren, nein, alles ist noch da.

Ich versuche, Florian über den Kopf zu streichen, möchte ihm etwas zuflüstern.

Doch noch bin ich unerfahren als Tote, weiß nicht, wie ich das anstellen soll.

„Flo, ich bin hier, direkt neben dir!", rufe ich ihm in Gedanken zu. Aber seine Emotionen überwältigen ihn, er ist nicht fähig, mich zu bemerken, alles in ihm ist von Schmerz erfüllt.

Ronja und Hendrik stehen hinter ihm und Max hat sich durch die Menge durchgekämpft. Ja, jetzt kann ich es erkennen: Florians Vision! So muss er es gesehen haben. Ich kann nicht fassen, wie exakt er alles vorausgeahnt hat. Woher hat er diese Kräfte? Er ist ein Medium so wie ich. Nur dass seine Fähigkeit nicht ausreicht, um ins Totenreich rüberzublicken. Jedoch kann ich einen Kanal erkennen. Jetzt, wo ich tot bin, sehe ich die Verbindung zu dieser Dimension ganz deutlich. Wow! Wir haben so viel gemeinsam und hätten gut zueinander gepasst. Warum bloß hatten wir nicht mehr Zeit miteinander? Alles ist zu schnell vorbei. Wie ungerecht.

„Hallo mein Kind", höre ich die Stimme meiner Oma Helga. Als ich aufschaue, kann ich sie sehen. Ich sehe sie, als würde sie leibhaftig, körperlich neben mir stehen.

„Oma!", rufe ich erfreut und nehme sie in den Arm. „Wie schön, dich zu sehen."

„Das finde ich auch", sagt Oma Helga und lächelt warmherzig.

„Wie ist das möglich? Hat man als Seele weiterhin einen Körper? Ich verstehe das nicht. Was bin ich jetzt?"

„Lina, du bist reine Energie und was du siehst, ist ein Abbild deines menschlichen Leibs. In dieser Welt benötigst du keinen Körper mehr. Hier gibt es nur Liebe und Frieden. Du kannst hier zur Ruhe kommen und dich von allem, was dich bedrückt, befreien."

„Ist dies der Himmel?"

Meine Oma lacht und reicht mir ihre Hand. Nun ja, ihre feinstoffliche Hand. Egal, es ist eine Hand, auch wenn sie nicht materiell ist und lediglich so aussieht.

„Komm, ich zeige dir alles", bietet sie mir an. Aber ich blicke zurück zu Florian und möchte ihn nicht allein lassen. Er trauert schmerzlich um mich und es tut mir weh, ihn so leiden zu sehen. „Kann ich ihm eine Nachricht zukommen lassen? Ich möchte, dass sein Kummer vergeht."

„Das wird er, Schatz. Er wird vergehen. Komm jetzt, wir haben viel zu besprechen."

Ich folge meiner Großmutter und vertraue ihren Worte, dass es Flo bald besser gehen wird. Wir kommen zu einer Brücke, die über einen glitzernden Fluss führt. Die Landschaft, durch die das Wasser fließt, ist von atemberaubender Schönheit. Bäume, die derart grün sind, dass es fast unwirklich aussieht. Ihre Baumkronen sind mit unerschöpflich viel Laub bedeckt, sodass sie flauschig aussehen. Auf den Wiesen wachsen Blumen in den fantastischsten Farben, Farben, die ich noch nie gesehen habe. Die Sonne strahlt von einem türkisfarbenen Himmel herunter und ich spüre die angenehme Wärme auf mir.

„Wie kann das sein?", frage ich Oma Helga. „Ist das alles nicht echt? Bilde ich mir das nur ein? Wir haben keine Körper mehr, trotzdem kann ich die Blumen riechen, die Sonnenwärme fühlen, die Schönheit der Landschaft in mir aufnehmen. Ich kann fühlen, als würde ich leben."

„Lina, Kind, du lebst. Du wirst immer leben und fühlen können. Als Mensch warst du eingeschränkt, doch jetzt kannst du alles bewusster erleben. Diese Welt ist anders, sie ist vollkommener und größer. Beine zur Fortbewegung sind nicht mehr nötig. Stelle dir einfach einen Ort vor und du kannst ihn besuchen. Zeit spielt im Jenseits keine Rolle mehr. Es gibt keinen Morgen, keinen Abend und keinen Zeitdruck. Alles besteht aus Bewusstsein, Liebe und unendlichem Glück."

„Das ist wunderbar!", bin ich überwältigt von den Worten meiner Oma. „Warum müssen wir dann als Mensch existieren, wenn das Leben als Seele einfacher ist?"

„Weil wir unvollkommen sind und uns unsere Erfahrungen als Mensch erst komplett machen."

„Kann ich zurück auf die Erde? Eines Tages?", frage ich, obwohl ich mir im Moment nicht vorstellen kann, diesen wunderschönen Ort jemals zu verlassen.

„Alle Seelen, die sich nicht vollständig fühlen, werden wiedergeboren. Die anderen steigen auf."

„Was heißt das?" Ich merke, dass ich überfordert bin von allem, was ich erfahre. „Warum weiß ich all diese Dinge nicht selbst, wenn ich bereits ewig lebe?"

„Weil du sie in der menschlichen Form vergessen musstest. Dein Wissen hätte dich gestört bei der Entwicklung. Wenn die Seelen heimkehren, erlangen sie ihr Wissen mit der Zeit zurück."

„Verstehe", bemerke ich und richte meinen Blick zur Brücke. „Ist diese Welt bloß ein Trugbild? Warum sieht hier alles aus wie auf der Erde?"

Meine Oma lacht amüsiert.

„Hast du das Gefühl, ein Trugbild zu sein?", gibt sie mir zu bedenken und erinnert mich daran, noch zu existieren – in feinstofflicher Form. „Alles, was du siehst, ist das, was die Menschen ‚Jenseits' nennen. Es ist so leibhaftig wie du, mein Kind. Eine Welt neben der materiellen Welt, eine weitere Dimension, eine von vielen."

„Und hier ist alles wie drüben", kann ich es immer noch nicht verstehen.

„Oder drüben ist alles wie hier", korrigiert mich Oma lächelnd. „Nur dass an diesem Ort alles prächtiger ist und du die Schönheit intensiver erlebst. Gefühle kannst du hier in Farben oder Geschmack ausdrücken. Die Liebe ist wie Schokolade."

„Dann schmeckt die Liebe im Jenseits süßer", grinse ich und stelle mir einen gewaltigen Schokobrunnen vor.

Meine Großmutter lacht und fährt mir sanft über die Wange.

„Du spürst es doch längst", macht sie mich auf meine veränderte Wahrnehmung aufmerksam.

„Durchaus", bestätige ich ihre Worte. „Ich hätte nicht gedacht, dass man als Seele derart fühlen kann. So rein und bedingungslos."

Ich bin dankbar für diese Erkenntnis, für alles, was ich hier erfahre. Und mir ist bewusst, dass meine Oma es weiß, dass sie meine Gedanken kennt, denn in diesem Universum kann man nichts für sich behalten. Jeder hört und spürt sie, als wären es seine eigenen.

„Gehen wir jetzt über die Brücke?", möchte ich wissen.

„Nein, das machen wir nicht, Liebes. Du musst wieder zurück."

„Was?", glaube ich, mich verhört zu haben. „Warum?"

„Weil deine Zeit noch nicht gekommen ist."

„Warum bin ich dann hier? Die Todeskarte, sie hat mir doch meinen bevorstehenden Tod angekündigt."

„Lina, deine Aufgabe auf der Erde ist lange nicht beendet. Du wirst mit deiner Gabe noch vielen Menschen helfen."

„Ich wurde nur hergeholt, um zu lernen, nicht wahr?", wird mir meine Lage deutlich.

„Richtig", stimmt mir meine Großmutter zu.

„Soll ich Mama was von dir ausrichten? Gibt es etwas, das du ihr sagen möchtest?"

Sie streicht mir übers Haar, das in dieser Welt viel blonder und glänzender ist.

„Deine Mutter glaubt nicht daran, dass es nach dem irdischen Tod weitergeht. Der Gedanke bereitet ihr Angst. Versuche, ihr die Furcht vor dem Unbekannten zu nehmen."

„Meinst du, das schaffe ich?"

„Du schaffst das, meine Süße. Und jetzt musst du gehen."

Sie nimmt mich in den Arm und ich könnte endlos so mit ihr stehen und ihre Liebe in mich aufsaugen.

„Ich hab dich lieb, Oma", kann ich noch sagen, bevor es dunkel um mich wird.

# 21

Ich schlage meine Augen auf und stelle fest, dass ich mich im Krankenhaus befinde. Ich bin an verschiedene Geräte angeschlossen und eine Infusion tröpfelt über meinem Kopf. Apropos Kopf, ich fühle einen kräftigen Schmerz und möchte mir mit der Hand an die Stirn fassen. Doch es ist anstrengend, den Arm zu heben, fordert meine gesamte Energie. Meine Mutter bemerkt, dass ich wach bin und schreit auf.

„Gütiger Himmel, sie ist wach!"

Nun tritt mein Vater in mein Gesichtsfeld und lächelt mich erfreut an.

„Du bist wieder zurück, Kind. Wir hatten solche Angst um dich."

„Wo ist Flo?", sind meine ersten Worte nach meiner Wiedergeburt.

„Lina, du lagst zehn Tage lang im Koma, nachdem dich die Sanitäter ins Leben zurückgeholt haben", antwortet mein Vater unzulänglich auf meine Frage. Danach habe ich gar nicht gefragt, aber ich bin geschockt, das zu hören. Ich war beinahe zwei Wochen schachmatt gesetzt? Wo war ich in dieser Zeit? Mit Sicherheit nicht im Jenseits, denn da durfte ich ja nicht lange bleiben. Ich habe keine Erinnerung an die letzten Tage, also gehe ich davon aus, dass ein komatöser Zustand bedeutet, dass man sich in einer Art Warteraum befindet zwischen Himmel und Erde. Man kann weder in die eine noch in die andere Richtung – wartet einfach nur ab. Zum Glück hat sich die Tür in diese Welt wieder geöffnet – und hier bin ich jetzt! Mit neuen Erfahrungen im Gepäck und einer aufgefrischten Lebensanschauung. Ich weiß jetzt, wie kostbar das Leben als Mensch ist, denn es ist vorübergehend. Ich bin dankerfüllt – für alles, was mir geschenkt wurde. Die Herzenswärme meiner Eltern, meine außergewöhnliche Gabe und meine Liebe zu Florian.

„Wo ist Flo?", wiederhole ich meine Frage, ohne auf die Worte meines Vaters einzugehen. Gut, ich lag im Koma, das habe ich verstanden. Bloß darum geht es jetzt nicht. Ich muss wissen, wie es dem Jungen meiner Träume geht, wie er meinen Tod verkraftet hat – warum er nicht hier ist.

„Lina, Kleines, du bist gerade erst erwacht", erinnert mich meine Mutter an die

Tatsachen. „Willst du nicht erst mal richtig zu dir kommen?"

„Bitte, Mum, was ist passiert?", werde ich nervös. Die Herztonmaschine über mir wird lauter und mein Pulsschlag verdoppelt sich.

„Kathrin, seine Mutter, nun ja, sie ist gestorben, Kind. Heute ist die Beerdigung", klärt mich mein Vater endlich auf.

„Aber ...?", begreife ich nicht und verstumme wieder.

„Der Krebs brach erneut aus und breitete sich unsagbar schnell aus. Die Ärzte waren machtlos."

„Nein!", sage ich schwach und lasse den Tränen freien Lauf. „Das ist nicht wahr, das glaube ich nicht! Du lügst!"

„Beruhige dich doch", redet meine Mutter auf mich ein. „Die Aufregung tut dir nicht gut."

„Oma!", rufe ich zur Decke. „Warum hast du mir das nicht gesagt? Du hättest mich vorwarnen, mich darauf vorbereiten können. Das ist nicht fair!"

Meine Mutter sieht mich erschrocken an. Wahrscheinlich denkt sie, ich hätte einen Dachschaden davongetragen. Immerhin hat mich ein tonnenschwerer Deckenstrahler getroffen, der mir mein Hirnfleisch durcheinandergewirbelt hat.

Unvermutet kann ich Oma Helga neben meiner Mutter ausmachen. Ihre Umrisse sind in dem hellen Krankenzimmer kaum wahrnehmbar, aber ich weiß, dass sie es ist, denn ich fühle sie deutlich.

„Niemand ist auf den Tod vorbereitet, Liebes. Sei jetzt stark für Florian", gibt sie mir mit auf den Weg, bevor sie sich wieder zurückzieht.

„Ja, das werde ich, Oma", sage ich schluchzend und schaue in die Augen meiner Mutter. „Sie war gerade hier, Mum. Tut mir leid, wenn dir das Angst bereitet. Doch ich habe Oma Helga im Jenseits getroffen. Sie hat mir alles gezeigt. Ich weiß, dass du mir nicht glaubst und dich vor diesen Dingen fürchtest, aber das brauchst du nicht."

„Ich glaube dir, Lina. Und ich fürchte mich nicht mehr davor. Dein Vater und ich haben lange darüber geredet und er hat mir erzählt, dass es in seiner Familie ähnliche Begabungen gab. Verzeih mir, wenn ich dich so lange nicht ernst genommen habe. Ich brauchte wohl Zeit, um mich an den Gedanken zu gewöhnen, dass mein Mädchen über besondere Fähigkeiten verfügt."

„Das ist schön, Mum", freue ich mich und reiche ihr die Hand.

„Wenn du wieder gesund bist, erzählst
du uns deine Erlebnisse im Jenseits, okay“,
schlägt sie vor.

„Das mache ich gern.“

# 22

Ich habe Flo noch nicht wiedergesehen und auf meine Nachrichten reagiert er nicht. Er scheint eine schlimme Phase durchzumachen und bisher konnte ich nicht für ihn da sein, weil meine Genesungsschritte im Schneckentempo voranschreiten. Ich hasse es, nicht einfach zu ihm fahren zu können. Dieser verfluchte Kopf verursacht immer noch Schwindelanfälle. Zwar bin ich seit ein paar Tagen wieder zu Hause, aber ich schleiche wie eine Spukgestalt durchs Haus und halte mich überall fest, um nicht umzufallen. Da ich zurzeit Sommerferien habe, verpasse ich nichts in der Schule, könnte mich also in Ruhe aufs Gesundwerden konzentrieren. Doch wie soll ich Ruhe finden, wenn ich mir unentwegt Sorgen um Florian mache?

Ich sitze mit meinem Smartphone in der Hand auf dem Bett und lehne mich an die Wand. Viermal habe ich ihn heute angerufen, aber der Mistkerl geht nicht ran. Langsam wechselt mein Verständnis für ihn in Wut und ich würde ihn gern vierteilen für die Ignoranz, die er mir entgegenbringt. Das kann er doch nicht machen, nachdem, was alles vorgefallen ist! Ich habe tot in seinen Armen gelegen und er ist vor Schmerz fast zerfallen. Nun weile ich wider Erwarten unter den Lebenden und er zeigt sich provokant gleichgültig. Was soll das?

Ich wähle die Nummer meines Vaters im Büro. Wenn sich Flo nicht rührt, werde ich zu anderen Mitteln greifen.

„Paps, ich brauche deine Hilfe. Kannst du mich zu Florian fahren?", rede ich sofort drauflos, als mein Vater an der Strippe ist.

Ich brauche zwanzig Minuten, um ihn davon zu überzeugen, dass ich fit genug wäre, das Haus zu verlassen. Natürlich bin ich das nicht, aber was spielt das für eine Rolle? Hier geht es schließlich um mein Liebesleben, und da ist dringend Handlungsbedarf angesagt.

Da mein Dad mir in der Regel nichts abschlagen kann, erklärt er sich bald bereit, mich in seiner Pause einzusammeln und bei Flo abzusetzen. Na bitte, so weit, so gut. Wie es weitergeht, entscheide ich dann spontan vor Ort. Denn ich habe keine Ahnung, was ich Florian sagen werde oder ob ich ihm bloß eine schallende Ohrfeige verpassen möchte, um danach wieder zu gehen.

Eine Stunde später stehen mein Vater und ich vor Florians Haus. Ein Auto parkt vor der Tür, also ist jemand daheim.

„Danke, Paps, den Rest schaffe ich allein."

„Soll ich noch warten, falls es nicht so läuft, wie du es dir vorstellst?", bietet mein Vater sorgenvoll an.

„Nein, das brauchst du nicht, ich komm schon klar."

„Hier hast du etwas Geld fürs Taxi. Nur für den Fall."

„Das ist lieb, danke."

Ich gebe meinem Dad einen Kuss auf die Wange und lasse mich von ihm innig drücken.

„Wenn du mich brauchst, ruf einfach an, okay?"

„Mache ich, danke, Daddy."

Ich steige aus dem Wagen und drücke die Tür zu. Mein Vater zeigt mir einen ermunternden Daumen nach oben und winkt mir zu. Ich winke zurück und beobachte, wie er davonfährt. Mit einem mulmigen Gefühl in der Magengegend gehe ich auf das Haus zu. Als ich an der Tür stehe, klingle ich zweimal. Erst denke ich, dass niemand da ist, aber dann höre ich, wie sich Schritte von innen nähern. Mein Herz springt mir aus der Brust, als Florian die Tür öffnet.

„Was willst du hier?", ist seine ruppige Begrüßung.

Mir stockt der Atem, denn sein ablehnendes Verhalten raubt mir jeglichen Mut.

„Ich wollte dich sehen", kann ich immerhin sagen.

„Ich dich aber nicht", haut er mir um die Ohren und will die Tür zufallen lassen.

„Scheiße, Flo, was soll das?", schreie ich ihn augenblicklich an und stelle einen Fuß in die Tür.

„Verschwinde, Lina, wir sind fertig miteinander."

„Waas?", glaube ich, dem falschen Florian gegenüberzustehen. Mein Flo würde sich niemals so herzlos verhalten. Dieser hier ist ein Arschloch, und das lasse ich nicht auf mir sitzen! „Lass mich auf der Stelle rein!", fordere ich aufgebracht.

„Geh jetzt, sonst wird es peinlich für dich."

„Das werden wir ja sehen", erwidere ich und stemme mich mit ganzer Kraft gegen den Eingang. Flo verliert sein Gleichgewicht und gibt den Weg unfreiwillig frei. Er hat wohl nicht damit gerechnet, wie entschlossen ich sein kann. Schon stehe ich im Flur und knalle die Tür lautstark von innen zu. „Du wirst mir jetzt auf der Stelle erklären, was dein Verhalten zu bedeuten hat, sonst …!“

„Sonst was?“, tut er überlegen. „Denkst du, du kannst mich zwingen, mit dir zu reden? Ich will dir nichts erklären, verflucht, kapier das endlich!“

„Ehrlich gesagt kapier ich nicht das Geringste. Was hab ich dir getan?“

Florian schlägt seine Hände überm Kopf zusammen.

„Was kann ich tun, damit du gehst? Sag's mir, Lina! Ich will nicht mit dir reden, mit niemandem, okay?“

„Aber warum?“

Mir schießen die Tränen in die Augen. Ich kann mich nicht erinnern, jemals so schlecht behandelt worden zu sein.

„Raus jetzt!“, schreit er energisch und zeigt mit dem Finger zum Ausgang.

„Nein!“, brülle ich zurück. „Du bist mir eine Erklärung schuldig. So lasse ich mich von dir nicht abservieren!“

„Gar nichts bin ich dir schuldig“, erwidert er und geht die Treppe nach oben. Ich stürze hinterher und nehme die Stufen viel zu hastig für meinen desolaten Zustand. Mir wird schwindelig, aber ich übergehe die

Warnung meines Körpers und folge ihm wie eine Wahnsinnige in sein Zimmer.

„Tu mir das nicht an", geht mir gerade noch über die Lippen, bevor ich direkt vor ihm zusammensacke wie ein misslungener Hefeteig.

Flo fängt mich auf, jedoch kann er mich nicht halten und wir sinken gemeinsam zu Boden. Ich lasse meine Hände um seinen Nacken gleiten und ziehe seinen Kopf heran. Unsere Gesichter stoßen fast zusammen, doch ich lasse nicht los.

„Lina, was ist mit dir?", fragt er verstört. Er hat bestimmt nicht angenommen, mich von seinem Fußboden aufpicken zu müssen. Ich auch nicht.

„Mein Kopf … alles dreht sich", antworte ich benommen.

„Ich bringe dich zum Arzt."

„Nein, nicht", widerspreche ich seinem Vorhaben. „Du bist mein Arzt. Flo, ich liebe dich. Ich liebe dich, hörst du? Bitte weise mich nicht ab, hör auf, mir so wehzutun!"

Langsam wird der Kreisel in meinem Kopf langsamer und ich kann Florians Mimik ausspähen. Ihm läuft eine Träne die Wange hinab und er sieht niedergeschlagen aus. Habe ich zu viel gewagt, hätte ich mein Innerstes nicht so deutlich machen dürfen?

Egal. Ich wollte, dass er es weiß, dass er meine Gefühle kennt, bevor er mich endgültig von sich wegstößt.

„Lina, verdammt!", stößt er aus und zieht mich in seine Arme. Er drückt mich an seine Brust und fährt mir übers Haar. „Ich liebe dich auch. Jede Faser meines Körpers sehnt sich nach dir. Doch wir dürfen das nicht zulassen. Ich bin eine Gefahr für dich. Alles ist so eingetroffen, wie ich es vorausgesagt habe und ich konnte nichts dagegen tun. Ich will nicht, dass du weiterhin in meiner Nähe bist."

„Ich will aber in deiner Nähe sein. Rund um die Uhr, jeden Tag, mein ganzes Leben, für immer."

Florian drängt mich von sich weg.

„Für immer gibt es nicht", seufzt er und dreht seinen Kopf zum Fenster, als würde er dort nach jemandem suchen.

Mir ist klar, was er mit seinen Worten ausdrücken möchte, schließlich hat er gerade seine Eltern verloren. Sein Schmerz muss unvorstellbar groß sein.

„Natürlich gibt es ein ‚Für-immer‘, Flo. Ich habe meine Großmutter getroffen, als ich tot war. Sie, deine Eltern, du und ich, wir alle leben ewig! Es gibt keinen Tod. Es ist nur ein Verlassen dieser Welt, ein Sterben deines

Körpers. Wir leben weiter, haben die Möglichkeit, uns wiederzusehen."

„Aber ich bin allein, verstehst du das nicht?", schreit er seinen Kummer heraus.

„Du bist nicht allein, Flo. Deine Eltern sind weiterhin da, auch wenn du sie nicht mehr sehen kannst. Sie sind um dich herum und kümmern sich nach wie vor um dich – aus dem Jenseits heraus. Alles, was in ihrer Macht steht, tun sie, damit es dir hier gut geht."

Endlich sieht mich Florian wieder an und ich kann die Tränen in seinem Gesicht sehen.

„Glaubst du das wirklich?"

„Nein. Ich weiß es. Jetzt, wo ich tot war und alles gesehen habe, ach, Flo, ich kann dir gar nicht sagen, wie schön es drüben ist. Eines Tages sehen wir alle wieder und vielleicht verabreden wir dann, gemeinsam wiedergeboren zu werden. Wir verlieren niemanden und bleiben miteinander verbunden."

„Trotzdem sind sie jetzt weg, Lina, und ich fühle mich einsam."

„Darum hat das Schicksal auch dafür gesorgt, dass wir uns begegnen. Ich bin für dich da, Flo, wann immer du mich brauchst. Ich lasse dich nicht mehr los." Ich lege ein vertrauensvolles Lächeln auf und ziehe ihn

näher zu mir heran. „Jetzt küss mich endlich", fordere ich und schmiege mich an ihn
mit all meiner Liebe für ihn.

„Bist du sicher, dass du einen traurigen
Waisenjungen willst?", fragt er mich mit einem aufgehellten Gesichtsausdruck.

Na bitte, dann scheint es mir ja gelungen
zu sein, ihn aufzumuntern.

„Ich will *dich*, Flo – für immer."

„Ich will dich auch", gibt er freudestrah-
lend zurück und seine Augen beginnen zu
leuchten.

„Schön, dann haben wir das geklärt",
werde ich langsam ungeduldig. „Und bekomme ich nun meinen Kuss?"

„So viele, wie du willst."

# 23

Heute ist mein zwanzigster Geburtstag. Ich habe mein Abitur in der Tasche und einen Ausbildungsplatz in einer großen Firma ergattert. Eigentlich will ich ja als Medium arbeiten, denn das füllt mich aus und macht mir Freude. Allerdings habe ich meinen Eltern versprochen, zuvor eine Lehre abzuschließen, ein zweites Standbein, falls meine Pläne für den Lebensunterhalt nicht reichen. Flo und ich sind inzwischen zusammengezogen in eine gemütliche Wohnung in Berlin Lankwitz. Ich liebe die Gegend dort und fühle mich richtig wohl. Das riesige Haus seiner Eltern hat Florian verkauft. Es hat ihn zu viel darin an sie erinnert. Kathrin, seine Mutter, besucht uns häufig und lässt Grüße an ihren Sohn ausrichten. Sie ist stolz auf ihn, denn er meistert sein Leben in ihren Augen mehr als gut. In seiner Tätigkeit als Informatiker verdient er gutes Geld und nebenbei finanziert sein Arbeitgeber das Studium zum IT-Manager. Alles könnte nicht besser laufen. Wir sind happy wie am ersten Tag und unsere Zukunft male ich mir rosig aus. Von Visionen wurde Flo in den letzten zwei Jahren verschont. Gott sei Dank, sie hatten zu viel Unruhe in unser Leben gebracht.

Ronja ist jetzt übrigens mit Max zusammen. Hendrik war bloß eine Übergangslösung, was ich mir gleich gedacht hatte. Sie liebt Max – von Anfang an. Aber sie war nicht bereit, sich dies einzugestehen, hatte Angst, verlassen zu werden. Schließlich kannte sie es nicht anders, denn ihre Eltern ließen sie oft allein. Nun ist sie seit einem Jahr glücklich mit ihm und ich höre bereits die Hochzeitsglocken läuten.

Meine Mutter kommt inzwischen gut damit klar, dass ich im regen Kontakt mit dem Jenseits stehe. Zwar ist ihr die Sache noch suspekt, doch seitdem ich ihr ermöglicht habe, mit Oma Helga zu reden, beleuchtet sie alles neu. Die Details meiner Worte überzeugten meine Mum gänzlich davon, dass wir hinterm Vorhang weiterexistieren. Denn woher konnte ich von Gesprächen wissen, die vor meiner Geburt zwischen den beiden stattgefunden hatten?

Oma Anni kam nur noch einmal vorbei, um meinem Vater etwas ausrichten zu lassen. Sie bat mich darum, ihm zu sagen, dass er ein langes, gutes Leben führen und sie bei ihm sein werde. Der Aufgabe als Wahrsagerin in ihrem irdischen Dasein kann sie wohl als geistiges Wesen nicht abschwören. Doch zu wissen, dass meinem Vater ein langes, weltliches Leben geschenkt wird, finde ich großartig.

Oma Helga kommt mich nach wie vor regelmäßig besuchen. Seitdem wir uns auf der anderen Seite begegnet sind, fühle ich mich noch stärker mit ihr verbunden – als würden wir schon immer befreundet sein – was wir wahrscheinlich auch sind. Aber solche Details verrät mir meine Großmutter nicht. Das ist topsecret. Dabei hätte ich gern mehr erfahren über mein Leben als Seele. Wer möchte nicht wissen, wer er wirklich ist? Da werde ich mich wohl in Geduld üben müssen, bis meine Zeit eines Tages gekommen ist. Das fällt mir jedoch nicht schwer. Denn ich liebe alles so, wie es ist. Vor allem Flo, der mir wie ein Geschenk von oben erscheint.

***

## „Kein Sex mit einem Millionär"
von
Sabine Richling

# *1*

„Mein Gott, was redest du wieder für dummes Zeug!", knallt mir mein Mann um die Ohren, während wir mit seinen Geschäftsfreunden in einem Restaurant zu viert am Tisch sitzen und über Politik reden. Gähn! Ich habe mir erlaubt, meinen Senf dazuzugeben, eine kleine Anmerkung zu machen, als ich merkte, dass mein werter Gatte falsch informiert ist. Aber erneut ist es ihm gelungen, seine eigenen Unzulänglichkeiten zu verbergen, indem er mich als latent verblödet darstellt. Peinlich berührt hüstelt Herr Hühnerbein in die Serviette, auch seine Frau popelt mit der Gabel im Fleisch herum und überlegt, wie sie die gute Stimmung retten kann. Komisch, dass mein Daniel solche Überlegungen nie anstellt, schließlich bringt er uns regelmäßig in solch eine Lage, in der man gerne vor Schmach im Boden versinken möchte. Ich überlege, mir eine Tüte über den Kopf zu ziehen, um mir damit kurzfristig das Gefühl zu geben, nicht hier zu sein.

Seine Beleidigung zu kommentieren, erspare ich mir, immerhin haben wir uns gerade ausreichend zum Gespött des Abends gemacht. Das bedarf keiner Fortsetzung.

„Entschuldige", sage ich leise und lege mein Besteck beiseite. Mir ist der Appetit vergangen.

„Wenn du es nicht besser weißt, halte dich aus dem Gespräch heraus", tritt Daniel nach.

Jetzt bin ich still und möchte meinem Gemahl gerne meine Roulade ins vorlaute Mundwerk stopfen, da ich sie ohnehin nicht mehr essen werde. Doch ich halte mich zurück und schlucke meine Wut herunter.

„Sagen Sie, Herr Hartmann", geht Frau Hühnerbein dazwischen, „wohin fahren Sie eigentlich dieses Jahr in den Urlaub?"

Geschickt hat sie das Thema gewechselt und die Lage entschärft.

Da erwacht Daniel zu neuem Leben, denn über Urlaube redet er gern. Als hätte es seine Entgleisung nicht gegeben, gerät er in feurige Ekstase.

„Dieses Jahr haben wir fünf Reisen geplant. Im Frühjahr werden wir wieder eine Kreuzfahrt machen, diesmal auf dem Mittelmeer", antwortet er voller Inbrunst.

„Oh", entfährt es Frau Hühnerbein, „das ist ja großartig.

„Ja, aber dieser Trip ist nicht unser Hauptur-
laub, den werden wir in Südafrika verbringen,
nicht wahr, Leonie?" Er lächelt mich an und stößt
mir seinen Ellenbogen gegen den Oberarm. „Da
freuen wir uns besonders drauf."

„Klar", sage ich und verstumme sogleich
wieder. Ich möchte nicht noch einmal zurecht-
gewiesen werden, weil ich in seinen Augen Müll
rede.

„Du hast diese Reise doch gebucht, sag ruhig
auch mal was dazu."

„Ja, später, ich muss mal aufs Klo", erwidere
ich gereizt und erhebe mich. Ich hänge mir meine
Handtasche über die Schulter und erwäge, einfach zu gehen. Stattdessen steuere ich die Wasch-
räume an, ich Feigling! Ich weiß nicht, warum er
mich ständig bloßstellen muss. Natürlich habe
ich die Reise nicht gebucht, sondern er. Ich habe
keinen blassen Schimmer, wohin es genau geht
und welche Hotels er für uns ausgesucht hat. Ich
hasse es zu verreisen! Meine Heimat ist mir lieb
und teuer und ebenso mein Hobby. Ich male. Seit
meiner Jugend beschäftige ich mich mit der Malerei und könnte den ganzen Tag nichts anderes
tun. Warum soll ich in die weite Welt fahren,
wenn ich mit dem, was mir das Leben hier bietet,
äußerst zufrieden bin? Daniel möchte am liebsten von einem Kontinent zum nächsten springen,
und das mehrmals im Jahr. Vielleicht rennt er
vor irgendetwas davon, ist auf der Suche nach
einer Offenbarung. Bloß in der Ferne wird er sie

nicht finden. Eine Exkursion in sein übertriebenes Ego könnte ihm guttun. Womöglich stößt er dabei mal auf sich selbst und erkennt, was er für ein selbstverliebter Blödmann ist.

Er war nicht immer so. Früher war er mal nett, damals – vor langer Zeit. Wir haben für eine Modekette gearbeitet, waren Kollegen, besser gesagt, Auszubildende. Während ich nach der Lehre ging, um Kunst an der Universität zu studieren, blieb er im Unternehmen und arbeitete sich bis in die Geschäftsleitung empor. Wir kauften uns ein Haus und genossen das bessere Leben. Bald darauf heirateten wir und zogen in ein noch größeres Haus. Zwar wusste ich nicht, wozu das nötig war, immerhin waren hundertfünfzig Quadratmeter mehr als genug, aber Daniel war der Meinung, ein „Schloss" würde was hermachen und Geschäftsfreunde wären imponiert. Da er seine Firma repräsentiert, braucht er eben die zweihundertfünfzig Quadratmeter. Dass wir unseren Palast nur zu zweit bewohnen, zählt nicht. Den kann ja eine Putzfrau in Schuss halten und den Garten ein Gärtner.

Logisch, dass ich darauf nicht von allein gekommen bin. Bin halt dumm wie Bohnenstroh. Keine Ahnung, wie oft mir Daniel das Gefühl gibt, ein gehirnloser Torfkopf zu sein – oft genug, dass ich es selbst glaube.

Ich stehe vorm Spiegel und pudere meine Nase. Dabei starre ich in mein Gesicht und frage mich, ob ich noch attraktiv bin. Seit zwanzig Jahren sind Daniel und ich ein Paar. Ein Kompliment habe ich nie bekommen. Gerne jedoch werde ich mit wachsender Begeisterung von ihm kritisiert. Ich kann es ihm eigentlich nie recht machen, es sei denn, ich schlafe. Da bin ich leise wie eine Feder im Wind und widerspreche nicht. Wehe ich vertrete mal eine andere Meinung als er, dann haben wir sofort wieder eine Diskussion, die sich bis in den späten Abend ausdehnen kann. Grrr, ich hasse dieses Gerede um Nichts! Dabei gibt es so viel Schönes, das man gemeinsam genießen könnte. Aber nein, mein lieber Daniel versteift sich auf unproduktive Wortwechsel, die einem unnötig Energie rauben. Die letzten Jahre frage ich mich immer öfter, was mich eigentlich bei ihm hält. Sein Bankkonto kann es nicht sein. Ich interessiere mich nicht für Geld, es ist mir nicht wichtig. Als wir uns kennenlernten, war er genauso mittellos wie ich. Wir haben unser schlichtes, freies Dasein genossen, sind gern in die Pizzeria nebenan essen gegangen, statt im Sternerestaurant oder haben uns am Kinotag den neuesten Film angesehen. Das Popcorn und die Getränke schleusten wir heimlich mit ein, um die teuren Preise zu boykottieren. Unsere Klamotten haben wir nach Geschmack ausgesucht und nicht nach dem Label. Wie sehr vermisse ich die alte Zeit, in der wir noch „einfach" waren, ein Paar aus der Mittelschicht, vollkommen durchschnittlich. Jetzt werden die Freunde nach dem Portemonnaie ausgesucht und nicht nach Sympathie. Denn mit weniger gut betuchten Menschen kann Daniel nichts mehr anfangen. Die jammern ja ständig darüber, wie teuer alles sei. Doch für Hartmann, Daniel Hartmann, spielt Geld keine Rolle. Er ist der Obermufti der High Society, gehört zur Crème da la Crème, und das will er auch zeigen. Wo käme man denn da hin, wenn man sich für seinen Reichtum entschuldigen müsste?

Ich seufze und lasse die Puderdose in meine Tasche fallen. Herrje, ich will nicht zurück zum Tisch. Ich könnte einfach umfallen und mich vom Personal zum Taxi tragen lassen. Für einen schwachen Kreislauf kann ich ja nichts. Vielleicht sollte ich noch meinen Lippenstift nachziehen, um die Zeit zu überbrücken. Obgleich ich das gerade gemacht habe. Dabei verabscheue ich es, mir Farbe ins Gesicht zu pinseln. Die gehört auf eine Leinwand und nicht auf die Haut. Aber was soll ich sagen, Daniel legt großen Wert auf eine perfekt gestylte Frau von Stand. Dabei bin ich bloß die unvollkommene Frau von nebenan und möchte das auch gern wieder sein. Hätte ich damals gewusst, was mich mit Herrn Hartmann erwartet, wäre mir niemals in den Sinn gekommen, Frau Hartmann zu werden.

„Leonie?", ruft Daniel von draußen und klopft gegen die Tür der Damentoilette. Ich antworte nicht und überlege, so zu tun, als wäre ich längst weg. Plötzlich öffnet er die Pforte und entdeckt mich bei den Waschbecken. War ja klar, dass er die Unverfrorenheit besitzt, hier einzudringen. „Willst du nicht mal langsam zum Tisch zurückkehren? Wir warten alle auf dich. Das Dessert ist schon serviert worden."

„Ja, ich wollte gerade aufbrechen."

„Hast du mal auf die Uhr gesehen? Du bist bereits eine Viertelstunde weg. Was glaubst du wohl, was das für einen Eindruck macht?"

„Schon mal darüber nachgedacht, was dein Auftritt vorhin für einen Eindruck hinterlassen wird?", kontere ich und würde ihn am liebsten anspringen und ihm in seine überhebliche Visage trommeln.

„Irgendwie musste ich dich doch davor bewahren, noch mehr Unfug von dir zu geben", hält er dagegen. „Jetzt komm endlich, die Hühnerbeine warten." Er grinst bei seiner eigenen Bemerkung, die er enorm witzig findet.

„Die Hühnerbeine können warten, die Hartmänner müssen sich erst streiten!", lasse ich verlauten und bewege mich keinen Zentimeter von der Stelle.

„Hast du vor, mich zu blamieren vor meinen Geschäftskunden?", fragt er aggressiv.

„Das schaffst du auch allein."

„Meine Güte, du bist immer so stur. Hier geht es um Millionen und Madame fühlt sich auf den Schlips getreten."

„Ich fühle mich vor allem nicht ernst genommen."

„Reden wir jetzt über deine verletzten Gefühle?", fragt er und lächelt boshaft. „Also lässt du die Mimose raushängen, ausgerechnet an so einem Tag!" Sein schroffes Lächeln verschwindet. „Prima. Das ist ja wirklich super! Mach nur weiter so und du wirst alles ruinieren!"

Iiiich? Fragend drehe ich mich um. Außer meiner Wenigkeit und Herrn Hartmann ist niemand da. Also wende ich mich ihm wieder zu und zeige mit dem Finger auf mich.

„Meinst du etwa mich?"

„Hallo?", gibt er erhitzt von sich. „Wen denn sonst? Ständig spielst du die Beleidigte, anstatt dir mal klarzumachen, um was es geht!"

„Hier geht es einzig und allein um deine Großspurigkeit, mit der du die Menschen um dich herum niederrennst. Du bemerkst nicht mal, wenn du andere kränkst."

„Ich habe niemanden gekränkt und du bist ja dauernd eingeschnappt."

„Ach so."

„Bewegst du deinen Hintern bitte zurück an den Tisch?"

Unwillig gehe ich an ihm vorbei und trete in den Flur. Ich sehe die Hühnerbeine von Weitem, wie sie sich zuprosten und sich einen Kuss zu-

werfen. Könnte Daniel doch nur eine Spur von
der Warmherzigkeit besitzen, mit der sich dieses
Ehepaar liebt.

# 2

Am nächsten Morgen bin ich froh, als Daniel zur Arbeit fährt. Endlich allein. Keine Vorwürfe, kein Gezeter. Nur Ruhe und Frieden. Ich genieße die Zeit ohne ihn. Das sollte mir zu denken geben. Andere vermissen ihren Partner, freuen sich darauf, ihn nach Feierabend zu sehen. Ich dagegen bin dankbar für jede freie Minute. Diese Stille im Haus, das angenehme Rauschen der Heizung, das so meditativ auf mich wirkt. Ich finde das Leben toll – solange Daniel nicht in meiner Nähe ist.

Nach dem Frühstück gehe ich in mein Atelier, das unterm Dach des Hauses liegt. Von dort aus habe ich einen prächtigen Blick auf die Gärten der Nachbarn. Wie sehr ich es liebe, hier oben zu sein und den Pinsel über die Leinwand gleiten zu lassen. Jeder Pinselstrich ist für mich höchste Sinneslust. Das Malen macht mich glücklich, gibt mir die nötige Kraft, die ich brauche, um mich gegen Daniel zu behaupten. Ich bin es leid, mich zu streiten, jedes unnötige Wort möchte ich uns ersparen. Deshalb bin ich im Laufe der Jahre zu einer Memme mutiert, denn Widerspruch ist zwecklos. Ist man mit einer Kampfmaschine verheiratet, hisst man eines Tages freiwillig die weiße Fahne, um schließlich Ruhe zu haben. Trotzdem genehmige ich mir hin und wieder eine kleine Revolte. Vor allem, wenn es um das Thema „Verreisen" geht. Manchmal erhebe ich Einspruch und bitte um einen Urlaub in den eigenen vier Wänden.

„Ha!", ruft Daniel dann aus. „Das ist doch kein Urlaub. Ich muss fliegen. Möglichst weit weg. Nur so kann ich mich richtig erholen."

„Wie wäre es mit zwei Reisen im Jahr statt fünf?"

„Kommt nicht infrage. So kann ich nicht richtig abschalten."

„Und wenn wir mal in Deutschland urlauben?"

„Willst du mich verkohlen? Ich muss was von der Welt sehen!"

Ja, und jedem erzählen, wo er überall schon war. Denn Prahlen ist Daniels Hobby: *Hey, ich war in Las Vegas, Mexico, China, Japan, England … Ich bin ein Held, denn ich kenne die Welt und kann überall mitreden. Ich bin Daniel, der Columbus des 21. Jahrhunderts.*

Wahrscheinlich ist dieses übertriebene Reiseverlangen der Grund, warum ich nicht mehr so gern in ferne Länder aufbreche. Eigentlich dachte ich mal, mir würde das gefallen. Aber vier- bis fünfmal im Jahr ins Ausland ist einfach zu viel. Entspannung finden wir im Urlaub nie, denn Daniel will möglichst viel sehen, rennt von einer

Sehenswürdigkeit zur nächsten. Nur faul am Strand zu liegen, ist nichts für ihn. Da könnte er ja was verpassen. Eigentlich läuft unser gesamtes Leben auf der Überholspur ab, sodass ich mich oft ausgelaugt und verbraucht fühle. Ich sollte mal ein paar Jahrzehnte Pause beantragen, um mich vom Ehestress zu erholen. Bloß wo sollte ich meinen Antrag einreichen? Bis auf Daniel habe ich keinen Chef, weil ich zu Hause arbeite. Meine Malerei wirft nicht viel ab, denn mein großer Durchbruch lässt auf sich warten. Natürlich nimmt mein Mann meine Arbeit nicht ernst, so wie er eigentlich nie etwas ernst nimmt, was ich tue oder sage.

Warum bin ich noch hier?

Diese Frage stelle ich mir immer öfter. Hoffe ich, ihn zu ändern, die alte Zeit eines Tages zurückzuholen? Wäre es so, bin ich eine Traumtänzerin, denn Vergangenes ist vergangen. Menschen lassen sich nicht umformen, und schon gar nicht Daniel. Ich kann ihm keinen Fahrplan in die Hand drücken und sagen: „So, von nun an lenken wir unser Boot in meine Richtung, leben so, wie ich es für uns vorgesehen hab."

So funktioniert das nicht! Denn Daniel lässt sich nichts sagen. Er macht sein Ding. Der Partner muss ihm folgen und nicht umgekehrt!

Das Telefon klingelt. Meine Agentin ruft an. Elli. Na ja, Agentin ist vielleicht ein bisschen hochgestochen. Sie ist meine Freundin und kümmert sich um die Vermarktung meiner Bilder. Bisher war sie damit nicht besonders erfolgreich. Gelegentlich organisiert sie eine Vernissage in einer Kaschemme, aber das führte bisher lediglich zu geringfügigen Verkäufen. Mein Bekanntheitsgrad ist gleich null. Solange ich es nicht schaffe, meine Kunstwerke auf exklusiven Kunst-Events zu präsentieren, sitze ich weiterhin in der zweiten und dritten Reihe, da, wo mich niemand sieht.

„Hey, Leonie", begrüßt sie mich und scheint gut gelaunt zu sein. „Ich habe einen Raum für eine Ausstellung gefunden. Ein ehemaliger Dance-Club im Industriegebiet."

„Oh", sage ich und teile ihre übertriebene Begeisterung nicht. Ein Club im Industriegebiet, eine Gegend, die vollkommen ausgestorben ist, wo sich nicht mal ein Eichhörnchen hin verirrt. Aber ich möchte sie nicht demotivieren und lasse sie meine Dankbarkeit spüren. „Das ist ja toll. Klasse."

„Wenn du willst, können wir uns die Räumlichkeiten nachher mal ansehen. Der Preis, den der Vermieter verlangt, ist human."

„Ach ja?", frage ich und kann mir nicht vorstellen, dass sich die Kosten mit dem Verkauf der Bilder amortisieren werden. Bis jetzt war es fast immer ein Zuschussgeschäft.

„Ja, er verlangt nur 2.500 Euro. Ist das nicht supi?"

Ich pruste und schnappe kurz darauf nach Luft.

„Wirklich, supi“, antworte ich und überlege, wie ich Daniel überreden kann, mir den Betrag ohne Zänkerei auszuzahlen. Er glaubt nicht, dass meine Bilder gut genug sind, um jemals Anklang in der Kunstwelt zu finden. Er traut mir nicht zu, eine Mallegende zu werden. Ich selbst weiß natürlich genau, dass ich es eines Tages schaffe! Würde ich das nicht glauben, könnte ich kapitulieren. Doch fürs Aufgeben bin ich nicht geschaffen. Ich bin als Kämpferin geboren worden. Dumm nur, dass ich mit einem Kampfhahn verheiratet bin, der mich um Längen schlägt. Ständig meint er, alles besser zu wissen als ich, deshalb pflügt er jegliche meiner Ideen nieder. Er mischt sich in Dinge ein, von denen er nichts versteht, argumentiert mich solange an die Wand, bis ich nachgebe und mich seinen Ansichten füge. Vermutlich mangelt es mir deshalb an Erfolg. Weil ich mich nicht genügend durchsetze, um meinen eigenen Weg zu gehen.

„Und? Treffen wir uns nachher?“, will Elli wissen und bedrängt mich eine Spur zu heftig. Eigentlich wollte ich mich den ganzen Tag mit Malen beschäftigen und mich nicht für eine unproduktive Besichtigung in einer Fabrikhalle verabreden. Da ich Elli aber niemals etwas abschlagen kann, stimme ich zu. „Fein“, jubelt sie, „dann hole ich dich um dreizehn Uhr ab.“

Als es an der Tür schellt, schrecke ich auf und schaue auf die Uhr. Verflucht, ich habe die Zeit total aus den Augen verloren. Sobald ich male, tauche ich in meine Bilder ein und vergesse die Welt um mich herum. Ich lege den Pinsel beiseite und renne vom Dachgeschoss ins Erdgeschoss, um Elli in meiner weißen mit Farbtropfen besprenkelten Latzhose zu öffnen.

„Elli!", rufe ich aus, als ich ihr die Tür öffne. „Ist es schon so weit?"

„Mannomann, Leonie, der Typ erwartet uns um halb zwei. Wie sollen wir das schaffen, wenn du noch nicht fertig bist?"

„Ich bin fertig. Wir können direkt los."

„So?"

„Ja, wo ist das Problem?"

„Na, dein Aufzug!"

„Ach was, das ist schon in Ordnung. Ich will ja keinen Schönheitswettbewerb gewinnen, sondern bloß einen Raum anmieten."

„Wie du meinst. Aber wir fahren mit deinem Auto. Hab keine Lust auf Farbflecke im Polster."

„Klar, machen wir." Ich greife nach dem Wagenschlüssel und meinen Papieren. „Kann losgehen."

# 3

Pünktlich um halb zwei erreichen wir die stillgelegte Fabrik. Ein junger Mann im Dreiteiler steigt aus seinem offenen Sportwagen und schlendert langsam auf uns zu, während ich mein Auto peinlich genau auf einer eingezeichneten Parkfläche abstelle, was natürlich nicht nötig gewesen wäre, da sonst kein einziges Fahrzeug hier steht.

„Schau mal, Leonie, was da für ein Sahneschnittchen auf uns zukommt."

„Ich sehe nur einen Lackaffen im Designerfummel."

Elli verdreht die Augen über meine Bemerkung und steigt aus, um ihrem Tortenstück entgegenzulaufen. Ich lasse mir Zeit, denn ich hab's nicht eilig. Sobald ich einen Kerl im Anzug sehe, krieg ich das Würgen. Vermutlich liegt's an Daniel, der tagtäglich in perfekter Montur das Haus verlässt und ich diesen Anblick nicht mehr ertragen kann. Obwohl der Anblick nichts dafür kann, lediglich das aufgeblasene Gehabe meines Ehegatten. Somit sehe ich in jedem Anzugträger einen Snob. Schlimm genug mit einem verheiratet zu sein. Da brauch ich nicht auch noch einem blasierten Hammel auf dem Industriegelände zu begegnen.

Langsam bewege ich mich aus meinem roten Mazda, der in etwa so alt ist wie ich. Ich liebe meine Knutschkugel, weil sie mich niemals im Stich lässt. Natürlich sieht sie nach nichts aus, wirkt wie ein alter Marienkäfer aufgrund ihrer vielen Rostflecke, die ich liebevoll pflege und ausbessere. Aber ich bin Menschen und Gegenständen ein Leben lang treu. Daher tausche ich weder Daniel noch mein Auto aus, auch wenn die Zeit reif wäre.

Elli winkt mir von Weitem zu und fordert mich auf, mich zu ihrem Kuchenstück dazuzugesellen. Ich stecke meine Hände in die Taschen der Latzhose und schlürfe angeödet zu ihr und diesem Aufschneider. Ogottogott, seine Parfümwolke erreicht mich schon aus einhundert Meter Entfernung. Ich rümpfe die Nase und mein Unwille, ihm näherzukommen, wird immer größer. Kann Elli das nicht allein aushandeln? Ich hab eine Allergie gegen Sahneschnittchen. Vor allem wenn sie nach Parfümerie stink … äh, duften. Plötzlich verführt der Geruch meine Nase und setzt sich sanft auf meine Flimmerhärchen. Mein Kopf beugt sich von allein vor und scheint sich flinker als der Rest meines Körpers zu bewegen. Nun kann ich nicht schnell genug bei der Süßspeise ankommen, weil sie meinen Geruchssinn mehr umschmeichelt, als mir lieb ist. Ich bin hypnotisiert.

„Frau Hartmann?", spricht mich der Leckerbissen mit seiner Baritonstimme an und ich warte darauf, dass das Orchester mit einstimmt.

„Äh ja, Herr ...", flöte ich meinen unvollständigen Satz wie eine Nachtigall. Ich wusste gar nicht, dass meine Stimmbänder solche Töne von sich geben können. Als wäre ich geradewegs aus dem Feenreich entsprungen.

„Rosenbaum", stellt sich die Parfümwolke vor und reicht mir die Hand. „Leon Rosenbaum."

„Leon?", schießt es aus Elli heraus. „Wenn das kein gutes Omen ist. Meine Freundin heißt Leonie."

Plaudertasche!

„Ach, wirklich?", fragt Leon Sahneschnitte. „Was für ein charmanter Zufall."

Ich werde rot. Gott, ich will nach Hause! Raus aus dieser haarsträubenden Situation.

„Ja, in der Tat", sage ich ruppig. „Können wir jetzt zum Geschäftlichen kommen?" ...

„Kein Sex mit einem Millionär"
von
Sabine Richling
Erschienen bei BoD als Taschenbuch und
E-Book

„Liebe braucht keine Hexerei"
von
Sabine Richling
Erschienen beim AAVAA Verlag als Taschenbuch und E-Book.

Wie ist Jenny das nur gelungen? Von der Tätigkeit auf einem Gutshof hat sie keinen blassen
Schimmer. Trotzdem überzeugt sie den vermö-
genden David Barclay mit einer ungewöhnlichen
Aktion, ihr einen Job zu geben. Von nun an wir-
belt sie die Gefühle des attraktiven Großgrund-
besitzers kräftig durcheinander und es gelingt
ihr, den Choleriker in ihm zu bändigen. Wie
dumm nur, dass sie sich unplanmäßig in ihn
verliebt, denn er hat eine Verlobte und ist somit
für sie unerreichbar. Doch Jennys Tante hat bereits einen Plan, wie ihre Nichte den Auserwähl-
ten für sich gewinnen kann …

# „Ein Iglu für zwei"
von
Sabine Richling
Erschienen beim AAVAA Verlag als Taschenbuch, E-Book, Hörbuch und in Englisch

Was passiert, wenn man mit einem berühm-
ten Musiker gesehen wird?
Genau in diese Lage gerät Malina. Denn alle
Welt schaut jetzt auf sie und denkt, sie wäre mit
ihm zusammen – weshalb sie sich am liebsten an
den Nordpol verkriechen würde. Um der allge-
meinen Aufmerksamkeit zu entgehen, zieht sie
sich zurück.

Doch dann begegnet sie dem aufgeblasenen
Schürzenjäger erneut …

# „Gefühlschaos inklusive"

von
Sabine Richling
Erschienen beim AAVAA Verlag als Taschen-
buch und E-Book

Claudia ist wieder Single. Es muss ihr nur noch klar werden, dass dies ihr Glück ist. Obwohl sie sich fest vornimmt, eine angemessene Zeit um ihre gescheiterte Beziehung zu trauern, dauert es nicht lange und drei neue Männer buhlen um ihre Gunst – von denen ist einer schwul, der andere ihr Quasi-Schwager und der dritte ihr Chef. Da wird einem die Entscheidung doch leicht gemacht. Oder nicht? Als Claudia ihren Ex-Freund zusammen mit einer neuen Frau wiedersieht, ist das Gefühlschaos perfekt. Oliver tröstet sie, aber dann kommt ihr Chef Christian ins Spiel …

## „Die Macht der schwarzen Perlen"
### Romantik-Fantasy-Roman
von
### Sabine Richling und Christina Lelewell

Erschienen bei BoD als Taschenbuch, E-Book und in gebundener Ausgabe

Als Fotografin in einem Hamburger Verlag ist die sechsundzwanzigjährige Annika einiges gewohnt und lässt sich von niemandem beirren. Nur in der Liebe übt sie sich in Zurückhaltung. Doch dann lernt sie James auf der Party ihrer Freundin Cilly kennen und kann nicht glauben, was er ihr für eine Lüge auftischt. Er behauptet, ein Außerirdischer zu sein, und flugs von diesem Moment an ereignen sich seltsame Dinge. Die sonst kritische Annika sieht sich mit unerklärbaren Phänomenen konfrontiert. Woher kommt James und wer ist er?

„Dach der Hölle"
Romantischer Zukunftsthriller
von
Sabine Richling
Erschienen bei BoD als Taschenbuch und E-Book

In der Hölle der Verdammnis trifft Arun auf
die schöne Untergründlerin Sharie. Wie kann es
sein, dass dieses zarte Geschöpf in der Rohheit
der Unterwelt überlebt? Durch sie wird er auf
die Missstände unter der Erde aufmerksam und
nimmt sie kurzentschlossen mit. Doch seine
Macht reicht nicht aus, um die junge Frau zu
schützen. Der machthungrige General Ley erteilt
ihm den Befehl, Sharie zurückzubringen. Arun
fügt sich widerwillig, aber seine Leidenschaft für
das Mädchen ist entfacht. Hat er jemals so ge-
fühlt? Umgeben von einem dunklen Geheimnis
zieht Sharie ihn in ihren Bann.

Sabine Richling ist 1968 in Berlin geboren und aufgewachsen. Nach Abschluss einer kaufmännischen Ausbildung arbeitete sie viele Jahre in einem Handelsunternehmen. Später wechselte sie zu einem Hamburger Verlag. Inspiriert durch die Verlagsluft schrieb sie die ersten Entwürfe einiger Kurzgeschichten. Eine Erkrankung riss sie aus dem Berufsleben, daher widmete sie sich verstärkt dem Schreiben.

Heute schreibt sie am liebsten Beziehungskomödien und unterhaltsame Kurzgeschichten. Im Dezember 2012 veröffentlichte sie den romantischen und humorvollen Roman „Ein Iglu für zwei", der aufgrund seines Erfolges anschließend als Hörbuch und in englischer Sprache erschien. Es folgte im März 2013 die amüsante Liebeskomödie „Gefühlschaos inklusive", später die

Romantikkomödie „Liebe braucht keine Hexerei", die im Oktober 2013 erschien.

Bald entdeckte sie ihre Leidenschaft für Fantasy und Mystik. Es blieb unausweichlich, einen Roman zu schreiben, der alles vereint: Liebe, Romantik, Fantasy und Science-Fiction. Also holte sie sich Schützenhilfe und kreierte mit ihrer Freundin Christina Lelewell den Fantasy-Romantik-Roman „Die Macht der schwarzen Perlen", der im Dezember 2015 in zweiter Auflage erschien und ein Genre bedient, das es in dieser Form noch nicht gab. Zur gleichen Zeit arbeitete sie an dem Fantasy-Romantik-Thriller „Dach der Hölle", der inzwischen ebenfalls in zweiter Auflage erschienen ist.

Im Oktober 2016 ging ihr neuer humorvoller Liebesroman „Kein Sex mit einem Millionär" an den Start für Fans der knisternden Romantik.

<u>Buch-Trailer:</u>

„Kein Sex mit einem Millionär“

www.youtube.com/watch?v=NMK2-WsSBPg

„Ein Iglu für zwei“

www.youtube.com/watch?v=_jKT2W6pLPU

„Liebe braucht keine Hexerei“

www.youtube.com/watch?v=KPLmUgmj3fA

„Gefühlschaos inklusive“

www.youtube.com/watch?v=ZOnOrnUcmEg

„Die Macht der schwarzen Perlen“

www.youtube.com/watch?v=v-fTGEmmsk4

„Dach der Hölle“

www.youtube.com/watch?v=7aGjHWP-VMM